# 太宰治と仙台
## ――人・街と創作の接点

須永誠 著

# はじめに

太宰治は仙台とゆかりの深い作家だ。唯一の完結した新聞小説「パンドラの匣」を、1945年10月から46年1月まで河北新報に連載したことをご存じの方は多いだろう。その前後には河北新報社発行の雑誌「月刊東北」に「新釈諸国噺」の「女賊」（原題「髭候の大尽」）を、やはり同社発行の月刊誌「東北文学」に短編小説「たずねびと」を寄稿している。

中国の文豪魯迅が、仙台医学専門学校（東北大医学部の前身）で学んだ若き日々に焦点を当てた小説「惜別」を執筆することになった44年暮れには、取材のため4日間にわたって仙台を訪れた。うち3日間は河北新報社に通い、魯迅が留学していた1904（明治37）年から06年にかけての河北新報の記事や広告を読み込み、詳細なメモを取っている。

この「惜別メモ」は、日露戦争さなかの激しい時代の動きから、当時の仙台の人々の暮らしまでを、生き生きと浮かび上がらせる。どの記事や広告を書き留めたかに注目すると、太宰の作家としての感性や創作に向かう姿勢が感じ取れて興味深い。

「惜別」や「女賊」「たずねびと」に加え、代表作の一つ「お伽草紙」の最終話「舌切雀」も、仙台の話として、ユーモアたっぷりに描かれている。故郷の津軽を除けば、仙台は東北で最も多く太宰作品の舞台となった街なのだ。「東北文学」には、太宰の弟子で、いずれも仙台出身の菊田義孝さんや戸石泰一が寄稿しているほか、小山清、田中英光の作品も、太宰の紹介によって、掲載されている。

太宰が初めて仙台を訪れたのは44年5月12日。小説「津軽」の取材のため、故郷・津軽に向かう途中で下車した。ほんの2時間の滞在で、この時は仙台にあまり良い印象を抱かなかったようだが、訪問を重ねるにつれ、街や人々に親しみを感じるようになっていく。仙台の新しい友人たちとの数々のエピソードも残っている。

仙台ゆかりの作品では、「パンドラの匣」が、終戦後に太宰の思想、文学が大きく変容していく時期に書かれた、殊に重要な作品と言える。太宰にとって戦後第一作であり、初の新聞連載小説でもあった。だが、連載は当初の予定よりも短縮されることになる。

「パンドラの匣」は、言うまでもなく、開けてはならない匣を開けてしまったため封じ込められていたあらゆる罪悪や災いが抜け出し、人間は不幸に見舞われることになるという話だ。しかし、匣の底には「希望」が残っていた。小説も明るく、希望に満ちた内容となっている。連載短縮は、そんな「希望」をテーマにした小説を書き続けることが困難になっていったことを示している。

太宰は、戦後という新たな時代に大きな期待を抱いた。しかし、現実の戦後社会の在りようは、思い描いたものとは懸け離れていることに気付く。希望は徐々に失望に変わっていった。「パンドラの匣」に続いて書かれた作品群や、当時の河北新報社の担当者らと交わした書簡などによって、太宰が時代をどう受け止めたかや、苦悩が深まっていく様子がうかがえる。

太宰と仙台との関わりは、これまであまり注目されることがなかった。本書では、太宰の仙台における足跡や関係者との交流、街への思いなどを追い、仙台の街が太宰文学の形成にどんな役割を果たしたのかを探ってみたい。

【おことわり】本書で引用した太宰治の作品、関係者の手記、書簡、新聞記事などの文章はいずれも新字、現代仮名遣いに統一し、常用漢字表にない字、音訓にはルビを振っています。必要に応じ漢数字を洋数字にした箇所や、読みにくい場合などに限り、句読点を付け加えた箇所があります。新聞表記上の慣例などに従い、没後30年程度たつ方の敬称は、一部を除き省略しました。書籍などのタイトルは原則「　」で表記し、「　」の中に「　」が出てくる場合のみ『　』を使っています。

目次

# 第1章　「惜別」と仙台

# ❖ 惜別メモ

## ▥ 明治の記事を調べる

「僕は太宰です。こんど、仙台医専に在籍していた魯迅先生の伝記を頼まれて、いろいろ調べたいことがあって来たのです。予告もなしに来てしまって申し訳ありませんが、明治三十年ごろの古い河北新報を見せていただきたいのです」

1944（昭和19）年12月22日。仙台市の河北新報社を初めて訪れた太宰治は、編集室の入り口で、対応した社員の吉邨堯（よしむら）（筆名）にこう切り出した。吉邨は後に、この時の様子を事細かに回想している。「ひどくもじもじした」態度だったと書いた。（「東北文学」1948年8月号）

太宰は12月20日の夜行列車で東京を出発し、21日午前、仙台に着いた。同日は東北帝国大の広浜嘉雄法文学部教授を訪ねるなどして、翌日から河北新報社に通う。黒いラシャの詰め襟の服を着て、少し短めのズボンに薄緑色のゲートルを巻いていた。太宰のイメージとして定着していた和服ではないことを意外に思った社員らに、「青森の兄から先日もらった久しぶりの詰襟洋服」だと説明したという。同年5月の小説「津軽」執筆に向けた取材の旅を思わすいでたちでもあった。

吉郁によると、取材を始める前に太宰は、どうすれば仕事を手際よく片付けられるか、河北新報の社員たちと相談している。まず、魯迅が仙台を訪れた１９０４（明治37）年ごろの新聞の綴じ込みを探した。15冊ぐらいずつ机の上に積み上げると、丹念にメモを取り始める。夕方まで、ほとんど休むことなく作業を続けた。あまりの熱心さに誰もが驚いたらしい。メモを取りながら、時に市井の雑事や、同市の東北学院で学んだ明治の文人、岩野泡鳴ら、仙台ゆかりの人々について質問した。

各社員の目に、太宰はさまざまに映ったようだ。回想記が幾つか残っている。吉郁は「気負い立っている」ように感じたと、太宰の仕事ぶりについて記した。

当時出版部員で、後に編集局学芸部長や青森支局長を務めた川井昌平は「出版部の片隅で、寒そうに肩をすくめ、指先をかじかませながら、河北新報の古いとじ込みを調べていた」太宰を見て、こんな印象を抱いた。「意地の悪い友だちにさんざんいじめられた子供のように、（中略）壁の方へ向いて、誰ともほとんど口を利かず、妙にいじけた姿であった」（「夕刊とうほく」１９４８年7月14日付、「酒の太宰治」３）

川井は太宰と同じ青森県の、三戸町出身だ。この時はまだ、太宰の作品を読んだことはなく、どんな素質を持つ作家か、全く知らなかったという。「(それだけに) かえって好感が持たれ、やせとがった肩先に、(中略) 後ろからそっと自分の外套(がいとう)を羽織らせてやりたいような、愛情を感じさせられた」と振り返った。同郷の人間ならではの辛らつさと親近感が伝わってくる。

## 魯迅の足跡を追う

河北新報社での初日の仕事は「またあしたお願いします」という言葉で終わった。合わせて3日間、午前も午後も同じ調子で熱心にメモを取り続けた。少し早めに終わると東北帝大の医学部に出掛け、前身の仙台医学専門学校について、加藤豊次郎教授に話を聞いたり、河北新報社出版部長だった村上辰雄の案内で、魯迅と同級生だったという医師を訪問したりした。

太宰はまた、40年前の魯迅の足跡を求めて市内を歩き回った。最初の下宿先だった宮城監獄署 (仙台分監) の向かいの仕出し弁当屋 (佐藤屋) や、ロシア人の捕虜たちが収容されていた広瀬川河畔なども訪れている。歳月を経て、街の様子は随分変わっていたが、魯迅が見たはずの風景を、自分の目で確かめようとした。

村上辰雄の次男佑二さんは、筆者宛ての手紙で、仙台市米ケ袋の自宅を訪れた太宰を広瀬川に案内した時の様子を、次のように説明してくれた。国民学校1年生の時の思い出だ。

「広瀬川を見たいということになって、私が案内役になって太宰の肩車で中坂を下りて県立工業中学校（現宮城県工業高）の脇を通り、広瀬川の霊屋橋の近くに行きました。その間、太宰はほとんど沈黙していて、川岸を歩きながら時折フンフンと頷くだけだったと記憶しています。私は対処するすべを失って、どうも間合いの悪い思いをしていました。それから再び太宰の肩に乗って帰宅したのですが、体は痩せていたのに肩幅が広く、ゴツゴツと骨張っていたという印象が強く残っています」

## 感性が浮き彫りに

河北新報社で取った「惜別メモ」は、200字詰め原稿用紙14枚と原稿用紙をつづる厚紙1枚にぎっしりと書き込まれている。さらに同社の便せん2枚に仙台市の地図と、魯迅の下宿跡など、ゆかりの建物、場所などが描かれている。河北新報の社員が、太宰に説明しながら描いたものだろう。うち1枚には太宰の書き込みがある。

惜別メモは現在、日本近代文学館（東京・目黒区）が所蔵している。筆者は太宰の長女、津島園子さんが同文学館に寄贈する前に、東京の津島さん宅で拝見し、写真を撮影、全てのコピーを取っていただいた。

メモの内容については後に詳しく触れるが、まず目につくのは、魯迅が留学していた当時の日露戦争の戦況や仙台市内での戦勝祝賀の催し、ロシアの捕虜の扱いなどの記事を書き留めたものだ。ほかにも、入学式など仙台医専関連の話題、市内の劇場や寄席の名前やだしもの、食堂や教会の名前、当時の流行から、新発売のたばこの銘柄や値段、市井雑事に至るまで、新聞から丁寧に拾っている。

仙台ゆかりの人物や街に関する情報など、河北新報社の社員から話を聞いたと思われる事柄も書き込んだ。実際には小説に使われなかったものも多いが、太宰が小説を構成する上で必要な情報だと考え、メモしたことが推測できる。太宰の創作手法や感性が浮かび上がり、興味深い。

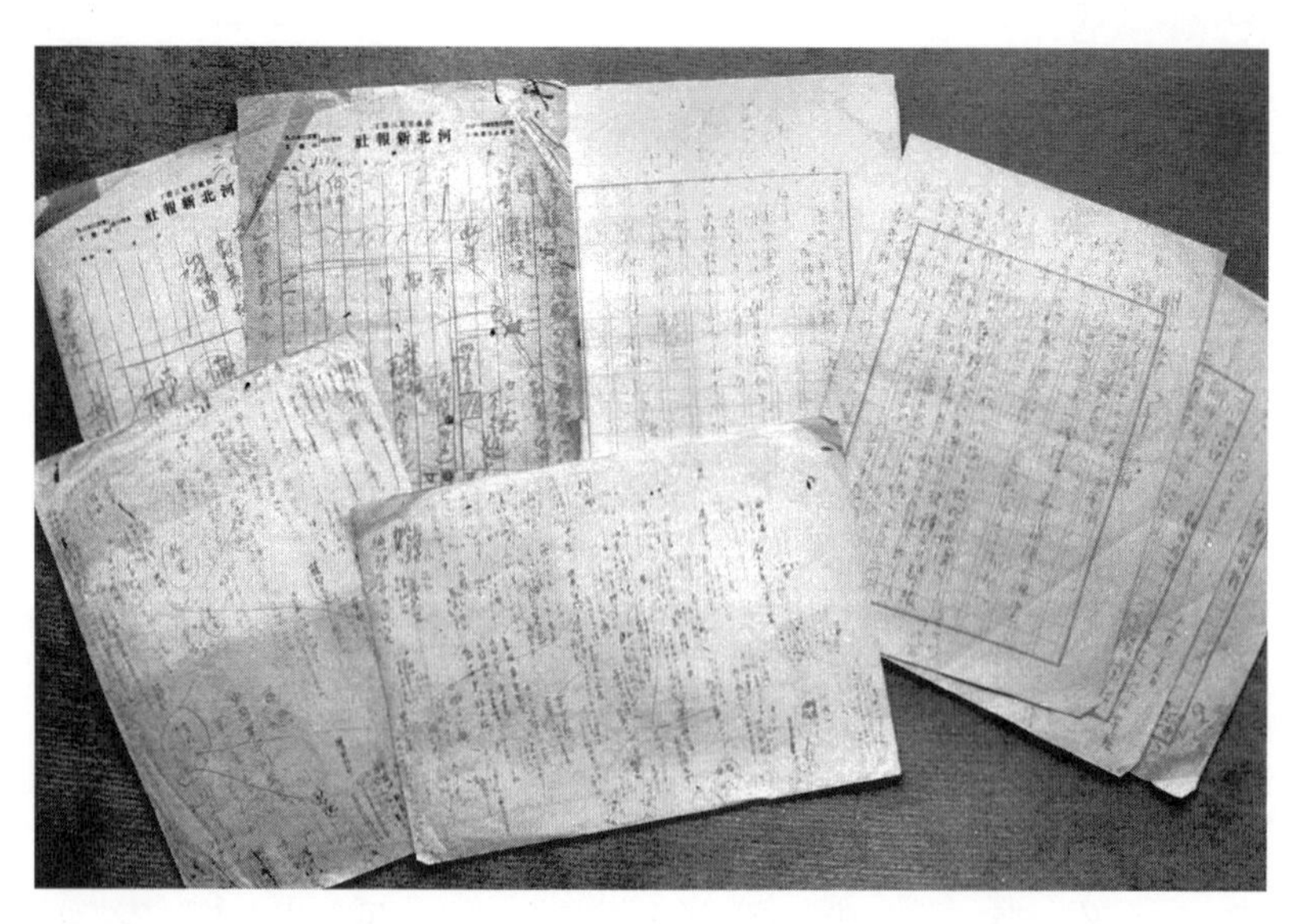

1944年12月、取材で仙台市を訪れた太宰治が河北新報社で取った「惜別メモ」。左上の河北新報社の社名入り便せんは、社員が太宰のために描いた魯迅ゆかりの場所などを示す地図

## 酒飲みの本領発揮

こうした丁寧な仕事をする一方で、日が暮れると様相は一変する。太宰が河北新報社を訪れた初日の夜、川井昌平は、村上辰雄や作家の日比野士朗と共に太宰が滞在していたホテルに行き、一緒に酒を飲んだ。日比野は１９３４年に河北新報社に入社、間もなく出身地の東京に帰ったものの、応召などを経て38年に復職し、40年まで勤めた。再び東京へ戻った後、44年5月から、妻の縁故先である宮城県涌谷町に疎開していた。このころ、河北新報社にしばしば出入りしており、45～47年には同社の特務嘱託を務めている。

川井は当夜の様子を次のように書いた。

「（太宰は）持参のウイスキーの瓶を二本出し、杯をあげたが、その途端に、といってもいいほど、それまでとはうって変わった楽しそうな顔になり、特徴のある、いかにも酒のみらしい、板についた手つきで、グビグビのみだした」「やがて、それまでしぶっていた舌がほぐれだし、何やらおかしそうに、軽い皮肉をまじえながら、文壇のこと、作家の噂話など、あれこれはじめた」（「夕刊とうほく」48年7月15日付、「酒の太宰治」４）

まだ川井と知り合ったばかりだったからか、太宰は持ち前の毒舌をふるうことはなく、無邪気に見えるほど、子供っぽく、楽しそうだったという。その後、外へ飲みに出ることになったころから様子がおかしくなってくる。酔いが回った太宰は、当時仙台に疎開中で終戦直後に河北新報社の論説委員を務めることになる哲学者の船山信一（山形県川西町出身）や、１９３９年に東北地方で初めて直木賞を受賞した作家、大池唯雄の仙台の自宅に、連絡もせずに押し掛けたらしい。

翌日か翌々日の夜には、川井の自宅で日本酒の一升瓶を空け、管を巻いた。自分と森鷗外だけが日本を代表する作家だと言い張ったという伝説的なエピソードは、この時のものだ。

作家論に話が及ぶと、太宰は「明治以降、日本の作家で文学史に残るやつは、鷗外、と指を屈すると、もうあとはおれしかいない」と言い出した。川井が聞き流していると、「あんた、みとめないのか！　おれのほかにだれがある、鷗外とおれのほかに、作家らしい作家なんて、一人もいないじゃないか！」とまくしたてた。

川井が新しい作家は誰も読まないのだと言い、若手作家を評価できない理由を述べると、「そりゃそうだけど、おれのものだけは読むべきなんだ。読む義務があるんだよ。読んでください」と迫った。（「夕刊とうほく」7月19日付、「酒の太宰治」7）

この時太宰は、東京へ帰ったらこれまで自分が書いた本を集めて送るから読んでほしいと、川井に申し出たという。この約束は結局、果たされることはなかった。

# 「惜別」執筆の背景

## 五大原則を作品化

1943(昭和18)年11月6日、アジア6カ国代表が参加し、東京の帝国議事堂で開かれた大東亜会議で、「大東亜共同宣言」が採択された。内閣情報局と社団法人「日本文学報国会」の小説部会は、これを受けて、宣言の五大原則(「共存共栄」「独立親和」「文化昂揚(こうよう)」「経済繁栄」「世界進運貢献」)をテーマに、小説や戯曲の創作を国内の作家に委嘱することを決めた。翌44年の2月3日、執筆希望者を対象にした説明会が開かれる。希望者は、作品の粗筋と意図を、小説部会と内閣情報局に提出することになった。

太宰治は「独立親和」または「文化昂揚」をテーマに、魯迅が仙台医専に留学していた若き日々に焦点を当てた小説「惜別」を執筆する意向を明らかにする。「『惜別』の意図」と題する文章を、内閣情報局と文学報国会に提出した。

「意図」で太宰は、仙台時代の魯迅(周樹人)を描くことの意義を、こう強調している。

「(周は)仲間の留学生たちに対する自己嫌悪にも似た反発もあり、明治三十九年、九月、清国留学生のひとりもいない仙台医学専門学校に入学するのでありますが、それから二箇年間の彼の仙台に於ける生活は、彼の全生涯を決定するほどの重大な時期でありました」

「二、三の日本の医学生から意地悪されたのも事実でありますが、（中略）それを償ってあまりある程の、得がたい日本の良友と恩師を得ました」

「意図」の概要を紹介しておこう。周樹人は医学を修め、疾病者がまん延する祖国・中国を再建したいとの理想に燃えて日本にやって来る。しかし、祖国が自らの独立国としての存在を危うくしているのは、中国人たちの肉体の病気ではなく、精神の病のせいだと気づく。理想喪失という怠惰で傲慢な疾病が、同胞の間にはびこっていることを痛感した。周は、この疾病を改善するためには、美しく崇高なる文芸によるのが一番の近道ではないかと考えるようになる…。

太宰は粗筋だけを述べると理屈っぽくなっていけないとしつつ、「周樹人の仙台に於ける日本人とのなつかしく美しい交友に作者の主力を注ぐ」「魯迅の晩年の文学論には、作者は興味を持てませんので、後年の魯迅の事にはいっさい触れず、ただ純情多感の若い一清国留学生としての周さんを描くつもり」だと強調した。

さらに、「中国の人をいやしめず、また、軽薄におだてる事もなく、（中略）潔白の独立親和の態度で、若い周樹人を正しくいつくしんで書くつもり」だと決意を示す。「現代の中国の若い知識人に読ませて、日本にわれらの理解者ありの感情を抱かしめ（中略）日支全面和平に効力あらしめんとの意図を存しています」などと締めくくった。

**コラム**

## ペンネーム

太宰治こと津島修治（本名）は旧制青森中、旧制弘前高時代から辻魔首氏、辻島衆二、大藤熊太などの名で、同人誌に作品を発表していた。太宰治のペンネームを使い始めたのは東京帝大に在籍していた23歳の頃だ。

ペンネームを考えている時、友人が万葉集をめくって、太宰権帥大伴の何とかという人が詠んだ酒の歌を見つけた。酒好きなので、早速太宰に決めた。名前の「修治」はどちらも「おさめる」なので二つは要らない。それで太宰治にした―。本人がインタビューに答えている。

ドイツ語の「da sein（ダー・ザイン＝現存在）」、「堕罪」（罪人となること）の語呂合わせだとも言われる。

## なまらず言える名前

師の井伏鱒二は、なまらずに発音できる名を探し出して決めたという説を披露した。太宰は、自分の名前が「ツスマ・スンズ」になってしまうほど、津軽なまりが強かった。なまりがあまり目立たないよう、話す時はいつも発音に気を使っていたという。太宰が若い時からずっと面倒を見続けた井伏の言葉だけに、説得力がある。

五大原則をテーマとした作品の執筆希望者は約50人に上った。これほど希望者が多かった理由について、太宰の妻、津島美知子さんは「資料蒐(あつ)めや調査について、紹介状、切符の入手等で便宜が与えられる上に、印税支払、用紙割当等でも、当時としては大変好条件を約束されたからであろう」と推測している。(「回想の太宰治」)

「惜別の意図」は直筆の下書きが残っており、タイトルが「清国留学生」「支那の人」を経て、最終的に「惜別」に落ち着いたことが分かっている。

## 以前から構想

日本文学報国会小説部会などは、提出された粗筋、意図を基に、五大原則の小説・戯曲委嘱作家として小説6人、戯曲5人の計11人を選んだ。太宰は44年12月、「独立親和」をテーマとした「惜別」の執筆を、正式に委嘱される。この時に委嘱され、完成した作品は結局、太宰の「惜別」と、森本薫の戯曲「女の一生」だけだった。「女の一生」は45年4月に東京・渋谷東横映画劇場で5日間にわたって上演される。「惜別」は同年9月、朝日新聞社から出版された。

太宰は「惜別」初版の「あとがき」で、「この『惜別』は、内閣情報局と文学報国会との依嘱で書きすすめた小説には違いないけれども、しかし、両者からの話が無くても、私は、いつかは書いてみたいと思って、その材料を集め、その構想を久しく案じていた小説である」と述べている。友人で作家の小田嶽夫の「魯迅伝」（1941年）を読んだことなどがきっかけとなり、魯迅への関心を強めていたのだ。

小田は友人である文芸評論家の亀井勝一郎から、太宰が魯迅に興味を示していることを知らされる。「魯迅伝」が出版され、関係者への寄贈をすませた2、3日後に、小田が亀井宅を訪ねた時のことだ。亀井は「さっき太宰君が来たが、もう『魯迅伝』を全部読んだそうだ」と語ったという。（筑摩書房「太宰治全集」月報7、1956年）

小田はその後、太宰に「大魯迅全集」（改造社）を貸し、中国人の日本留学史とも言える記事を連載していた雑誌「東亜文化圏」なども送った。

太宰は「小田氏の賛成と援助がなかったら、不精（ぶしょう）の私には、とてもこのような骨の折れる小説に取りかかる決意がつかなかったのではあるまいか」と振り返った。（初版「あとがき」）

小田も後に、「惜別」と、太宰の執筆に取り組む姿勢を高く評価している。

「太宰君がその頃大魯迅全集やその雑誌ばかりでなく、中国関係のいろいろの書物を非常に熱心に読んだらしいことが『惜別』を見るとよくわかる。魯迅の作品中に出てくることや、当時の中国の状況などが、少しも浮き上がらずに、作品中にしっくりと溶け込んで出ているのである。ああいう国際的とも言える、或（あ）る意味でスケールの大きい、一見太宰君らしくない題材を扱いながら、太宰色の濃い、淀(よど)みなく読ませるような作品にしている」「太宰君の卓抜な作家手腕がうかがわれるが、併(しか)しそのかげには(中略)非常な努力―周到な用意もあった」と書いている。(「太宰治全集」第7巻月報、筑摩書房、1956年)

## 異なる魯迅像

河北新報社などでの取材を終え、執筆に取りかかる直前に、中国文学者で文芸評論家の竹内好(よしみ)から著書「魯迅」(日本評論社)が、太宰に送られてきた。2人は当時面識はなかったが、太宰はいつか竹内に会いたいと考えていたらしい。竹内は太宰作品の熱心な読者でもあった。竹内はこの時、陸軍に召集され、中国大陸へ渡っていた。

竹内の「魯迅」の世界観は、太宰が描こうとしていたものと明らかに隔たりがあった。同書に触れ、衝撃を受けたであろうことは十分想像できる。太宰は竹内の考え方も一部取り込みつつ、当初の予定通り、自分なりに構築した魯迅像に沿って書き進める。45年2月末、ようやく「惜別」は完成した。

東京・三鷹の自宅で執筆していたころの様子を、妻の津島美知子さんはこう振り返っている。「空襲警報におびえて、壕(ごう)を出たり入ったり、日々の糧にも、酒、煙草(たばこ)にも不自由し、小さなこたつで、凍える指先をあたためながらの労作であった」(「回想の太宰治」)

# 「メモ」を読む

## 日付順に詳しく

「惜別メモ」は、1904(明治37)年6月から06年6月までの河北新報の記事や広告を、ほぼ日付順に書き留めている。日露戦争の戦況や、仙台の第二師団第四連隊の活躍、市内の戦勝祝賀行事から、仙台医学専門学校の行事、市内の劇場や寄席のだしもの、食堂や教会の名前、市井雑事まで、ほぼこの期間を通して途切れることなく、丁寧に拾っている。

メモによって太宰治は、時代の流れを正確に追うとともに、作品の中で、当時の仙台の街や風俗、市民生活などを詳細に描写することができた。彩りに満ちた作品世界を築き上げることに成功したと言えるだろう。明治37〜39年の河北新報の実際の記事と比較しながら、メモを読み解いてみたい。

メモの記述が最初に生かされたのは、魯迅の当時の同級生で、物語の語り手である老医師の「私」(田中卓)が、40年前の明治37年秋、医専に入学した頃の社会情勢や仙台の街の様子について長々と述べる部分だ。設定では、「私」は東北地方のある村で開業している。

「私」は「東北の片隅にある小さい城下町の中学校」を卒業し、東北一の大都会といわれる仙台市に来て、仙台医学専門学校の生徒になる。はっきり書いていないが、作中には「H中学」出身という記述もある。太宰が旧制高校時代を過ごした弘前市の、旧制弘前中をイメージしたと思われる。実際には、弘前中は明治37年にはまだ誕生していない。当時の名称は、前身の青森県立第一中だった。

## ■1枚目のメモ

1904（明治37）年6〜9月の出来事を記した1、2枚目のメモは、「6月15日　玄界灘常陸丸殉難」で始まる。玄界灘を航行中の陸軍徴傭（ちょうよう）運送船「常陸丸」など3隻がロシアの巡洋艦に撃沈された常陸丸事件のことだが、小説中には使われていない。メモでまず目に付くのは日露戦争の戦況と仙台市内の関連の動き、市井雑記だ。仙台医専関係は「8月　仙台へ来る」「9月　医専入学」とあり、「9月12日午前9時半　入学式　新入学生（医科　薬科）」と続く。

入学式については9月13日に記事が掲載されている。「医学専門学校にては昨日午前9時半より新入学者（医科110名、薬学科19名）の入学式を挙行し、山形校長より種々の懇示ありて式を了したるが、今13日より始業する筈（はず）」

近くにメモされた「医専学生、自殺をはかる」は、14日付の記事を拾った。岩手県出身の22

歳の医専2年生が13日未明、勇ましい軍人のように自分も出征して手柄を立てたいと考えたが、軍籍にないためそれもかなわないと悲観。「生きて甲斐なき身なれば寧ろ我血を以て軍人に餞けせんと列車に飛び込みたるを、駅員に認められて取押えられ、警官に引渡された」という内容だ。

これも作品には用いられなかったが、「手柄を立てられないなら、いっそ死んで自分の身を軍人へのはなむけにしたい」という発想は、時代の雰囲気を色濃く映し出していると言える。太宰の目には、仙台医専にも、この時代ならではのいびつな愛国心を持った学生がいたことを物語るエピソードだと映ったのだろう。

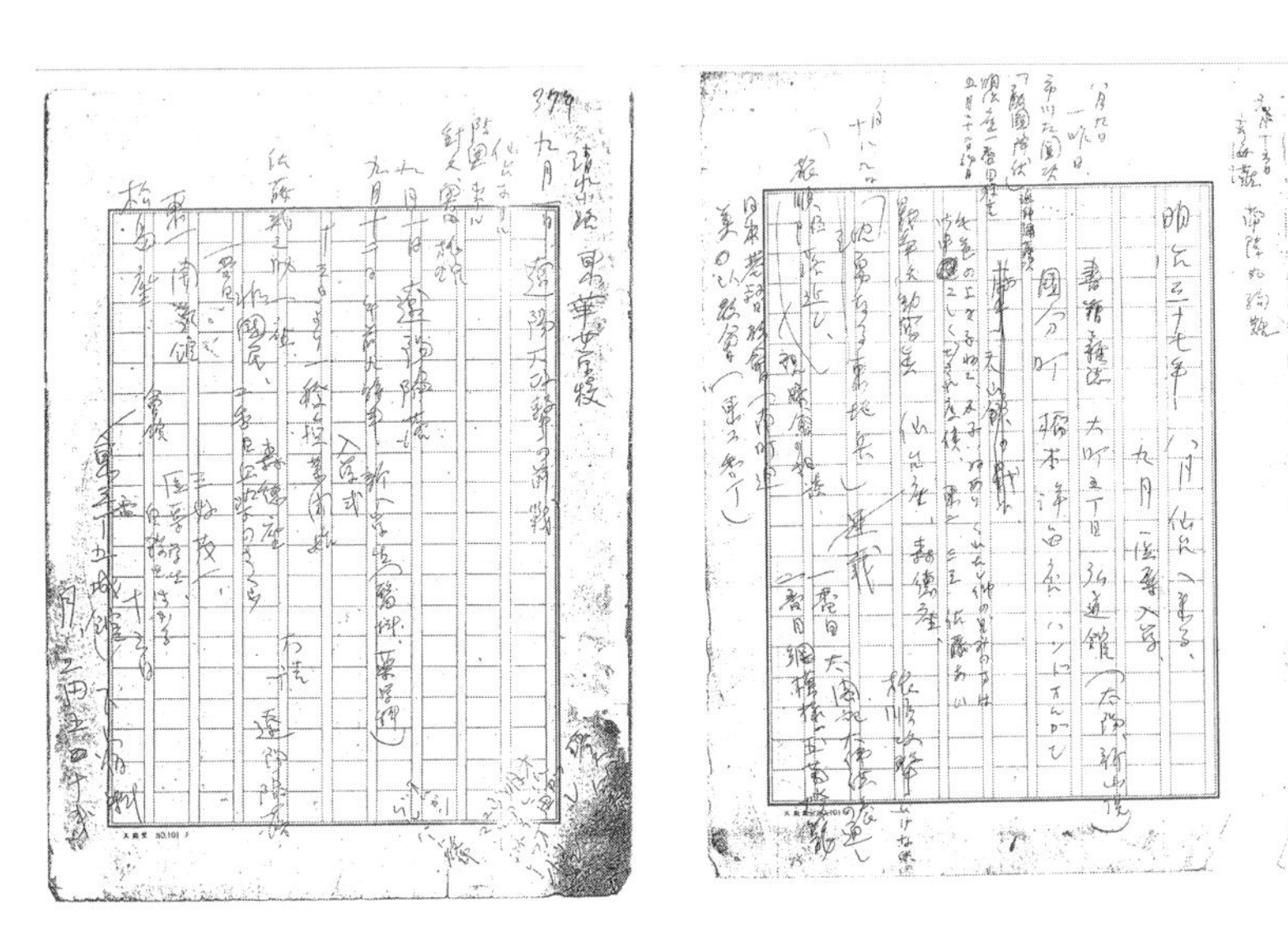

1904年６～９月の新聞記事などを書き写した１、２枚目のメモ

## 戦況と市内の様子

日露戦争の戦況関係では「沈勇なる東北兵」「旅順陥落近し、祝勝会の相談」「遼陽陥落」などをメモしている。作品では「私（田中卓）の仙台に来たころには遼陽もろくも陥落し、ついで旅順総攻撃が開始せられ、気早な人たちはもう、旅順陥落ちかしと叫び、その祝賀会の相談などしている有様」であることや、「仙台の第二師団第四連隊は、榴ケ岡隊と称えられて（中略）初陣の鴨緑紅の渡河戦に快勝し、つづいて遼陽戦に参加して大功を樹て、仙台の新聞には『沈勇なる東北兵』などという見出しの特別読物が次々と連載せられ」たことの紹介に使われた。

作品では、この頃の仙台市内の動きとして、「森徳座という芝居小屋でも遼陽陥落万々歳というにわか仕立ての狂言を上演した」ことが描かれている。これは、9月7日付の「（森徳座は）遼陽占領祝賀のため一昨、昨の両日休場したるところ本日より開場、出しものは遼陽占領実戦記上中下、中幕として演ずるよし」として、出演者を詳しく紹介した記事から取っている。この公演は、戦争兵役として20〜30歳の50人の市民を臨時に雇い入れるほど、力の入ったものだった。

森徳座のほか、松島座、仙台座などの劇場、東一番町の開気館という寄席、市内の飲み屋、そば屋、天ぷら屋、うなぎ屋、洋食屋なども、記事や広告から丹念に拾った。「東京庵　そば屋、

ブラザー軒 洋食屋、双葉屋 ふたばや、餅菓子」など店名を記したメモからは、「私」や「周さん」(周樹人=魯迅)、同級生らが行きそうな店を丹念に探し出そうとした様子がうかがえる。これらの店の一部は作品中にたびたび登場し、登場人物たちの仙台での学生生活のありようを生き生きと描くための素材となった。

「惜別」には、「キリスト教の教会が、仙台市内の随所にあり、仙台気風を論ずるには、このキリスト教を必ず考慮に入れなければならぬ」といううくだりがある。周さんがキリスト教について語る場面も多い。メモには「日本基督教会(南町通) 美以(メソジスト)教会(東二番丁)」「東二番丁 組合教会 大町基督教会」などの教会名が記されている。

作品では「キリスト教の匂いの強い学校も多く」と書き、文人岩野泡鳴が若いころ東北学院で学んだことや、島崎藤村が明治の中頃に同学院で英語と作文を教えたことなどにも触れている。これは、吉郁堯が回想したように、メモを取りながら河北新報の社員から聞いた話を参考にしたものだろう。

太宰は友人で文芸評論家の山岸外史の影響もあり、キリスト教に強い関心を抱いていた。20代半ばすぎからは、作品への聖書の引用も目立つようになる。「惜別」でも、キリスト教は一定の役割を果たしている。

## 戦勝祝賀行事

1905（明治38）年1月のメモは、日露戦争での旅順陥落を受けた、仙台市内の祝賀行事を中心に書き留めている。「1月2日午前10時27分東京発電報　旅順陥落広報着したり」「昨日ステッセル自身に我陣地に来り投降の理由を述べたり」という1月4日付の記事のメモで始まる。ステッセルとは旅順要塞司令官のアナトーリー・M・ステッセル将軍のことだ。2日午前9時45分に、旅順は開城された。

市内の祝賀行事については、同4日付に「5日午前10時、愛宕山に於いて打揚ぐる祝砲を相図に市内各駐在所の警鐘及び社寺備付けの梵鐘及び鉦太鼓等を乱打し、それと同時に市内各戸に於いても戸外に出でて金盥ブリキ缶太鼓など思い思いに打鳴らして一斉に万歳を大呼する筈なれば、全市鳴動の大壮観を呈するならん」という記事がある。「4日午後6時より　青葉神社境内に於いて大篝火を焚く由」も拾った。

翌5日付の新聞からは「5日午後4時　各学校連合提灯行列　提灯1個　ローソク3丁」を書き写している。これは「旅順陥落せしに依り、市、県、県立各学校連合提灯行列を行う筈なり。本日午後4時を期し、桜ケ岡公園に集合の上、道筋等を定め勇ましく行う」「生徒は各自提灯1個に蝋燭3丁を携帯し、同時刻に間違いなく桜ケ岡公園各自の学校目標の下に集合するべし」という記事から取った。これらのメモは、提灯行列に「私」や周さんが参加し、市内を練り歩く場面で、ほぼそのまま使われている。

1月20日付の紙面には、「本日午前、宮中に於いて歌会始を行わせられたり。天皇陛下の御製、皇后陛下の御歌を左に奉掲す」として、「御製　富士の根ににほふ朝日の霞むまでとしたつ空ののどかなるかな」「御歌　鶴の羽のかさねて祝ふとしたちて山さえ江さるここちこそすれ」が紹介されている。太宰は2首ともメモした。

作品中では「旅順の要塞が陥落すると、日本の国内は、もったいないたとえだが、天の岩戸がひらいたように一段とまぶしいくらい明るくなり、そのお正月の歌会始の御製は…」と書き、明治天皇の歌のみを引用している。

「まさに日本は、この時、確実に露西亜(ロシア)を打ち破ったのだといってよい。このお正月の末あたりから、帝政露西亜に内乱が勃発(ぼっぱつ)し、敗色いよいよ濃厚となり」は、1月29日付の露西亜騒乱の続報「露国皇帝勅諭に対して労働者承諾せず」から取ったものだ。

1月に入ってからは連日、ロシアの内乱、それに対する各国の反応などが紙面をにぎわせているが、メモを取ったのはこの時が初めてだ。日露戦争勝利の背景の一つとして使える素材だと、太宰はこの時になって考えたのではないか。

コラム

## 桜桃忌／生誕祭

「桜桃忌」が太宰治の墓がある東京・三鷹市の禅林寺で始まったのは死の翌年の1949年。遺体が発見された6月19日に文学仲間ら直接親交があった人たちが、遺族を招いて、思い出を語り合った。この日は太宰の誕生日でもある。桜桃忌の名付け親は太宰と同郷の作家今官一。太宰が死の直前に書いた名作「桜桃」にちなむ。

### 太宰の思い受け継ぐ

鮮紅色の宝石のような桜桃は、太宰の鮮烈な生涯のイメージにふさわしいと、仲間たちの圧倒的な支持を得た。他に「メロス忌」なども候補になったという。57年ごろから参加する若者らが急増。65年からは桂英澄さん、菊田義孝さんら弟子たちが開催の中心となった。

78年には故郷・青森県金木町（現五所川原市）でも「桜桃忌」が始まる。99年からは誕生を祝い、太宰を顕彰する「生誕祭」に名前が改められた。生誕110年に当たる2019年6月19日は、芦野公園（五所川原市）の太宰治銅像・文学碑前で記念祭式典を実施。太宰作品の感想文朗読や津軽三味線の演奏、合唱などが行われた。

撰（えら）ばれてあることの恍惚と不安と二つわれにあり―。太宰治の短編小説「葉」のエピグラフが刻まれた文学碑＝五所川原市の芦野公園

## 戦地への手紙

この頃の河北新報の紙面には、出征兵士からの手紙や戦地への慰問状などが頻繁に登場する。前述の「露西亜騒乱」に続いてメモされた戦地の伯父への慰問状は、掲載された文章を全て書き写している。

「昨年中はあまりにも御無沙汰致し候処ろ伯父さまには御すこやかにて月も氷るしべりやの野においでになり露助を捕虜になされその上、名誉ある決死隊に御はいりなされたそうですが、かねての御気象さもあるだろうとかげながら皆々にて御うわさいたして居りました。猶申上ぐるまでもなく今後共に御身体を御大切に、我が天皇陛下の御ため、大日本帝国のために御つくし下さるよう祈って居ります。左様なら」

この文章は、ほとんどそのまま作品に使われた。「私」が下宿する家の10歳ぐらいの娘が書いた手紙との想定だ。周さんは「私」の下宿にしばしば遊びに来て、下宿屋の家族ともすっかり仲良くなっていた。周さんが、この家の娘に文章を直してくれと頼まれ、『うまいものですね。どこも直す事が出来ません』と言いながら、その娘の文章を賞玩するのである」と使われた。

太宰は、引き続き周さんに、日本人の思想は全部、「忠」という観念に行き着くと語らせている。

周さんの言葉によると、こうした日本の「哲学」に対し、中国では、歴史的に帝位の強奪が繰り返されてきたためか「忠」という観念があいまいで、「孝」を治国の大本とし、民の倫理も孝の一色で塗りつぶそうとしてする傾向が生まれてきた、その結果「二十四孝」などというばからしい伝説が流布されるようになった―と展開する。周さんが、東一番町の開気館で二十四孝という落語を聞き、偽善を見抜く日本人の賢明さに感心したことを語る場面につながっていく。

## 仙台医専関係のメモ

仙台医専での出来事を報じた記事は、「惜別メモ」全体を通して、丁寧に書き留められている。「校長山形仲芸氏　医博になる祝賀　音楽会22日（土）　運動会29日（土）」というメモは、明治38年4月18日付の山形仲芸校長が医学博士の学位を授けられたの受け、職員生徒が一昨日、校庭に校長を招待して祝賀会を開いた、という記事による。「最初は大々的に盛宴を張る計画を立てたが、時局柄、茶菓ぐらいの質素なものにしたいという校長の希望もあって、このように手軽に行うことにした」と説明。講堂で開く音楽会や、校庭で盛大に開く運動会の日程を伝えた。この出来事は作品には登場しない。
「10月11日　医専卒業諮問　明日全部終了」は、10月11日付の「医学専門学校の卒業試問を執行中なりしが、明日にて全部終了する由」を写した。明治39年5月のメモには「本月16日限りにて本年度の授業を終り、18、19の両日は試験準備のため休業し、20日より25日迄学年試験を挙行する由」とある。こうした仙台医専の年間スケジュールは、間接的に作品に生かされている。

当時の河北新報は、仙台市内の教育界の動きを比較的丁寧に伝えているものの、仙台医専の記事はそれほど多いわけではない。太宰がメモを取ったときのことを、当時、河北新報社出版部長だった村上辰雄は、次のように振り返っている。
「魯迅に直接つながるような資料は、たやすくは探し得なかった。ただ、一つの手がかりとして、仙台医専の全学生が松島へ遠足に出かけたという三行記事を見つけ出したが、彼は大きなヒントを掴んだように得意であった」（「太宰治全集」第7巻月報、筑摩書房、1956年4月）
「惜別」では、「私」と周さんは、松島で初めて会ったことになっている。村上の言う発見は、作品を展開する上で欠かせない、重要な場面の参考になったと思われる。

## ロシア人捕虜の動向

メモには、ロシア人捕虜の話題がしばしば出てくる。市内の収容者数が500人から2000人へと増えたことや収容場所などを、こまめに拾っている。1905（明治38）年8月最初のメモには「8月1日　俘虜の散歩、俘虜－寺院　宮城野原　宮城監獄署」とある。

作品では、次のように用いられた。

「その頃、仙台に露西亜（ロシア）の捕虜が、多い時には二千人も来て、荒町や新寺小路付近の寺院、それから宮城野原の仮小屋などにそれぞれ収容されていて、その年の秋あたりから自由に市内の散歩もゆるされ…」

「（捕虜は）しきりにパピロスをほしがり、それは煙草（たばこ）の事を意味しているらしく、仙台の子供たちさえ、いつのまにかそのパピロスという言葉を覚えてしまって、捕虜たちに向って、パピロスほしいか、と呼び掛けて捕虜が首肯（うなず）くとよろこび勇んで煙草屋に駈け付け、煙草を買って与えて、得意がっていた」

捕虜の動向を詳しく記したことは、周さんにある言葉を語らせることにつながる。周さんは、ロシア人捕虜が希望を失わず、当然という顔で煙草を受け取るのを見て「（捕虜は）奴隷にはなっていません」と、「私」に話す。

「僕は、あの人たちにパピルスを与えて、それでも、あの人たちがあまりに平然としているので、何か僕のほうで恥ずかしいような気がしたものです。侮辱をさえ感じました」「ひょっとしたらこの捕虜は、僕が支那人であることを見抜いているのではないか。そうした支那の現状が、そろそろ列国の奴隷になりかけているのを知って、彼等は、僕に対してだけ特に、優越感を抱いているのではなかろうか」と、祖国の行く末への不安にさいなまれていることを告白する。

医学から文学への転身を暗示する、重要な場面だ。太宰は、捕虜、煙草という「小道具」を用い、周さんの揺れる心を巧みに表現してみせた。

作品中で煙草と捕虜を結び付けるきっかけになったと思われる記事がある。明治38年4月12日付の「俘虜(ふりょ)雑記」だ。

「俘虜が煙草を欲しがる事の甚(はなはだ)しさ」について書いている。「彼等が何処(どこ)まで煙草を嗜(す)きなのか程度の判らぬには驚く…彼等は日本人の姿さえ見れば必ず煙草を欲しいような顔付(かおつき)をする。ズウズウしく呉(く)れろというやつも少くないが、やれば直(す)ぐ吸って仕舞って、又欲しいような顔をする、シカシ其(その)態度は無邪気なものだ」

「一度俘虜見物に行ったものは必ず『露スキー、パピロース』を覚えないものは無い、パピロースとは巻煙草ということらしい」という内容だ。この記事が太宰の感性に響いたのは間違いないだろう。

同年4月1日付の紙面には、専売局は刻煙草の専売を実施、10日前後に一般発売するとの記事が載った。4月中頃のメモには「福寿草80、白梅60、さつき40、あやめ32、はぎ24、もみ16刻煙草40匁(もんめ)」とある。

4月10日すぎからしばしば紙面に掲載された広告「刻煙草　ふくじゅ草　5匁10銭、40匁80銭、白梅　10匁15銭、40匁60銭、さつき　5匁5銭、20匁20銭、40匁40銭、あやめ　5匁4銭、10匁8銭、40匁32銭、はぎ　5匁3銭、20匁12銭、40匁24銭、もみじ　20匁8銭、40匁16銭　4月中旬発売　煙草専売局」を書き写したものだ。当初は、刻み煙草の銘柄や値段も、作品に使えると考えたのかもしれない。

# 市井の雑多な情報

## 市民生活に注目

惜別メモには、作品には直接生かされなかったものの、当時の市民生活のありようを生き生きと伝えるものが多い。作品世界を築き上げるために、太宰治が何を選択したのかが分かり、興味を引く。

日露戦争の戦況や仙台医専関連を除くと、1904（明治37）年6～9月の出来事を記した1枚目のメモで初めに書かれたのは「8月9日　一昨日　市川左団次」。8月9日付の紙面に載った、歌舞伎役者の初代市川左団次が8月7日に死去したことを伝える記事から取った。「斯界の三大老を以て故市川団十郎、同尾上菊五郎と共に其名（そのな）を知られた」左団次の死が梨園に衝撃を与えていることを、似顔絵付きで詳しく報じている。左団次は大阪に生まれた。江戸に出て、左団次と改名後間もない舞台でのこと。観客はその端正な容貌に沸いたが、上方なまりのせりふの言い回しにやじが飛んだというエピソードが伝わる。

「惜別」の重要な登場人物である「藤野先生」（藤野厳九郎）は、作品中で、自分の関西弁を気にしていたという設定になっている。両者に共通点があることが、左団次に注目した理由の一つかもしれない。

左団次のすぐ下には、「書籍と雑誌」として「太陽、新小説」と書かれている。翌10日付の新刊紹介の欄に載った「太陽　第10巻第11号」と「新小説　第9年第8号」が発売されたことを写している。「国分町　橋本洋品店」「清水小路　東華女学校（現仙台二華中学・高校）」「仙台ホテル」「陸奥ホテル」「針久」「奥田旅館」などの名前も拾った。「毛色の良い子猫、子犬がいるのでお望みの人はお越しください」という、住所、名前入りの市民からの情報提供もメモしている。


メモに「仙台座」「森徳座」「開気館」「松島座」などの劇場や寄席、上演する演目などが書き留められており、作品中に繰り返し使われていることは、先に触れた。当時の紙面は仙台市内の劇場のだしもの、出演者をかなり丁寧に報じている。太宰がメモを取った最後の年である1906（明治39）年に入ると、まず「荘義座（南町通り）　1月2日より東京新派にて開場」が記されている。

1月1日付の「新春の興行界」を紹介する記事にある「荘義座の舞台開き」を書き出したものだ。記事は「南町通りの同座は今回落成せしを以（もっ）て東京新派俳優一座を呼び下し、本日町廻（まわ）りの上愈々（いよいよ）明日午前10時より花々しく開場する由にて、当日は開場を祝するため仲銭（なかせん）なしという」として、出演する主な俳優の名前を列挙している。

1905（明治38）年4月のメモには「市内流行のリボン　褒れリボン　西京西陣」をはじめ、「流行の履物」として「神代杉の駒下駄　鼻緒は元禄模様の細物　値段は静岡　本場の名産神代杉　男物1足25銭」や、「友禅形　巾1寸2、3分　1ヤル　30分くらい、縞リボン

**コラム**

## 赤い糸の伝説

「人は生まれながら赤い糸で結ばれている／そしていつかはその糸をたどってめぐり会う」。岩手県出身の3人組フォークグループ「NSP」の1976年のヒット曲「赤い糸の伝説」だ。男女の運命を結ぶ赤い糸の話は、ラジオの深夜放送などを通して、瞬く間に全国に浸透した。

NSPのリーダーで作詞作曲を手掛けた天野滋さんが健在のころ、「これ、太宰治ですか」と尋ねたことがある。天野さんは「実はそうなんです」と笑っていた。

## 深夜放送などで浸透

太宰の第一作品集「晩年」の中核を成す自伝的短編「思い出」に出てくる。旧制青森中3年のころ、国語の教師に聞いた話だとして、弟に語って聞かせる。―私たちの右足の小指には目に見えぬ赤い糸が結ばれていて、一方の端がきっとある女の子の同じ指に結び付けられている。どんなに離れていてもその糸は決して切れない。その女の子を嫁にもらうことが決まっているのだ―。

天野さんの音楽は常に、東北の薫りを失うことがなかった。太宰文学と共鳴する部分が、確かにあった。

琥珀地　1ヤル45銭」などがある。市民が何に関心を寄せていたかは、作品に生かせる可能性があると考えたのだろう。

## 東北3県の凶作

太宰は、東北の人々が当時、何に頭を悩ませていたのかにも注意を払っている。1905年秋のメモには「凶作　宮城、福島、岩手」が見られる。10月28日付の「宮城県を中心として福島、岩手両県にわたる凶作の善後処理は、地方における生活問題であるだけでなく、将来にわたる国家問題でもある」「地方では何より先に対応しなくてはならないが、国家もまた当面の救済措置を進めるとともに、将来の恐慌に備える必要がある」と主張する記事をメモした。凶作の話題は、作品に厚みをもたせるとともに、どう対応すべきかは、周さんが考える国づくりの一つの要素となると考えたのかもしれない。

凶作関係のメモは、しばらく続く。1906（明治39）年1月には「凶作深刻」と記されている。1月25、26日に続けて掲載された「大凶作の惨状」という記事から取ったと思われる。「地方に於ける大凶作は日を重ね月を経るに従って其惨状の激甚を加え」ていること、「季厳寒に入りて積雪厚く地物を蔽うに及び、一般窮民の惨憺たる悲境は蓋し想察の上に出つるものあり」と、記者が現地の実情を報告している。

河北新報はこのころ連日のように、「凶作地窮民救助義捐金募集」の社告を掲載し、寄贈者名と義捐金額を報じている。

ちょっと変わったメモが、同年1月の終わりにある。「27日　自転車　新聞社」というものだ。1月28日付の河北新報の社告「本社外勤記者／自転車総乗用」を写した。「本社は一層記事の迅速を計らん為め、外勤記者総員に自転車を乗用せしむる事と致し候に付、自転車中最も堅牢にして快速の称ある最新式デートン号12台を注文仕候」という内容。記者の活躍に注目してほしいとも述べている。

「取材の効率化を図るため、外勤記者全員に最新式の自転車を使わせる」という報道機関の取り組みは、この時代を象徴する新しい動きの一つだと、太宰は捉えたのだろう。

1906（明治39）年6月のメモには「仙台名物　甘酒屋　北六番丁　第二中学真向い」とある。5月から「仙台名物七種」という食べ物や飲み物を紹介する記事が、随時掲載されている。この中の一つを選んで書き留めたものだ。

## 米国の地震と支援の動き

このころ市民の強い関心を集めた出来事があった。1906年4月18日に米国カリフォルニア州サンフランシスコ周辺を襲った「サンフランシスコ地震」（マグニチュード7・9）だ。太宰も丁寧に書き取っている。

メモの「カリフオルニヤ州大地震　桑港（サンフランシスコ）全滅、ソンガイ金貨5億弗」は、4月20日付の速報「昨朝カリホルニヤ州に未曽有の大地震あり、多数の大建築物は破壊し大火災を起せり、水道破壊し消防の用を為さず」「激震の為め通信途絶」を写した。

4月23日付の紙面からは「仙台市長を桑港に派遣せよ、早川仙台市長」という論説を書き留めている。この記事は「米国と特殊の関係を生じつつある仙台市民、並び宮城県民が、深奥なる同情を表すべきだ」と主張。サンフランシスコを全壊させ、その他の都市を破壊した地震の被害や、われわれはどう対応すべきかについて、事細かに解説している。

仙台市民は海外の都市といえばサンフランシスコを連想する、同市で成功した人も少なくなく、市民の心痛は非常に強い。米国人は仙台のために大きな尽力をしており、仙台市民や宮城県民は対岸の火事と思うべきでない、といった内容だ。尽力とは、凶作で多大な寄付をしたことなどを指す。太宰は「50万円　米国からも凶作でもらっていた」と記している。

記事はその上で、「仙台市会の決議を以て、市長を桑港に特派し、桑港市長、カリホルニヤ州知事等に面り見舞の辞を述べ、親しく罹災の彼国人を慰問し、併せて我同胞を慰す」べきだと主張。殊に仙台出身の在住者に対しては、逆境に負けないよう、温かく励ますべきだとしている。

それが①米国と仙台の交流を一層深める②異郷の天災に泣く同胞を奮い立たせる③仙台市の名を高める――と強調。仙台市の発展振興に大きく貢献するはずだと、まとめている。

## 義援金を送れ

「赤十字社が義捐(ぎえん)募集」を決めたことを受けた4月28日付の1面トップ記事「米国に義捐金を送れ　赤十字の義挙を佐(たす)けよ」も、太宰は詳しくメモしている。「我帝室の御寄付21万円」「各大臣赤十字社長20万円」と寄付額も記した。

このトップ記事は「締盟国数あるが、中でも英米両国は特殊の親交国にして、単に友国というにあらず、全く兄弟国たり親類国たるなり」「一は我同盟国にして、直接に利害苦楽を倶(とも)にすべく、一は不明文的同盟国にして、情志相許せり」と日本と英国、米国の友好関係を強調している。

同盟とは言うまでもなく1902年に締結した日英同盟のことだ。締結から間もない時期で、両国の信頼関係が強かったのは当然だろうが、注目されるのは米国を「不明文同盟国」と表現していることだ。日露戦争中、英国や米国に対して国民がどんな感情を抱いていたかが、よく分かる。

記事はさらに、米国について、日本は多くの知識を米国から受け、多くの技術を学び、指導を受けたことが今日の大発展につながったことを挙げ、その情義には深く感謝しなくてはならないと指摘。東北三県の凶作の際は、国も政治家も宗教家も実業家も新聞社も、非常に熱心に支援し、多額の義援金を寄せてくれたことにも触れている。

「惜別メモ」のうち何枚かは、原稿用紙の裏面などに作品の構成案を記している。「サンフランシスコ　周サンハ?」との記載があり、サンフランシスコ地震も作品中で取り上げようとした可能性があることが分かる。地震後の日本が米国に対して示した親密な対応は、日本と清との関係を描く際のヒントになり得ると、太宰は考えたのかもしれない。

# ❖「惜別」と「藤野先生」

## ■老医師「私」の回想

「惜別」は魯迅（周樹人）と仙台医専で同級生だった、老医師「私」（田中卓）の手記の形をとる。東北地方のある村で開業する「私」は、ある日、地元新聞社の取材を受け、40年前、周さんや恩師の藤野厳九郎教授と過ごした日々について語る。取材は「日支親和の先駆」という、正月の連載記事となった。

「私」は、かなり面白い読み物にまとめ上げた記者の手腕には感心したものの、「周さんも、恩師の藤野先生も、また私も、まるで私には他人のように思われた」と受け止める。「藤野先生や周さんに相すまない気持で一ぱい」になった。「せめて一面の真実だけ

藤野先生と周さんが過ごした旧仙台医専の敷地内に立つ魯迅像＝仙台市青葉区、東北大片平キャンパス

でも書き残す事が出来たら」と思い、手記を書くことを決意したと述べる。

いかにも太宰治らしい工夫を凝らした構成で、先に述べた通り、同級生ら登場人物も、巧みに「造形」されている。物語の中心となる「私」と周さん、藤野先生のほか、東京の府立一中出身であることを自慢している同級生津田憲治、仙台のキリスト教系の学校出身で複雑な優越感と劣等感を持った矢島らを登場させ、厚みのある物語を展開していく。

周さんと藤野先生以外は、言うまでもなく、太宰が作り上げたキャラクターだ。ただ、物語の柱となる出来事、周さんや藤野先生の人物像などの多くは、「藤野先生」をはじめとする魯迅の作品を参考にしている。

「藤野先生」は、魯迅が47歳の時に刊行された10編から成る自伝的回想記「朝花夕拾（ちょうかせきしゅう）」に収められている。同書の他の9編や、魯迅の最初の作品集「吶喊（とっかん）」（「朝花夕拾」の4年前に刊行）の「自序」も、仙台医専在学中の出来事に触れている。太宰が「惜別」執筆の資料としたのは間違いないだろう。特に「藤野先生」の影響は大きい。同作からの長い引用で「惜別」を締めくくっているほどだ。

## 太宰流に膨らます

「藤野先生」に記された内容で重要なのは、仙台医専の藤野厳九郎教授が、魯迅（周樹人）に講義ノートを提出させて丁寧に直したエピソードや、そのノートが原因で同級生の一部が、藤野先生が魯迅に試験問題を漏らしたと邪推し、魯迅に嫌がらせの手紙を書いた事件、後に触れる、いわゆる「幻燈事件」など。そして最大のポイントは、魯迅がなぜ医学の道へ進むことをやめて文学を志したかということだ。いずれについても魯迅の原作などを太宰が自分流に解釈し、内容を膨らませて、独自の物語を構築している。

藤野先生の人物描写や、学生が藤野先生をどう評価していたのかということに、まず注目してみよう。

「惜別」では、松島の旅館で、周さんが「私」に、藤野先生の印象や、前年度落第し、さまざまな事情に詳しい「古狸」から聞いた先生に関する話を語る箇所、「私」が初めて先生の講義に出る場面など、作品全体を通して藤野先生の人物像が明らかにされていく。

「お顔は黒く骨張っていて謹直な感じで、鉄縁の眼鏡の奥のお眼は油断なく四方を睥睨（へいげい）し」とか、「服装に無頓着で、ネクタイをするのを忘れて学校へ出て来られることがしばしばあり」「冬は、膝小僧を隠すことが出来ないくらいの短い古外套を着て、いつも寒そうにぶるぶる震えて」いると描写される。

さらに、汽車に乗った時、そうした風体の藤野先生をうさんくさい者と見た車掌が車内の乗客に向かって「このごろ汽車の中に掏摸が出没していますから皆さま御用心なさい、と叫んだ」というエピソードが紹介される。いずれも「藤野先生」に書かれた「事実」を、太宰が物語に仕立てたものだ。

「大小さまざまの本を両脇にかかえて教室にあらわれ、そのたくさんの本を教壇の机の上に高く積み上げてから、ひどくゆっくりした語調で、わたくしは、藤野厳九郎と申すもので、と言いかけたら、れいの古狸（落第して再び藤野の講義を受けている生徒）たちが、どっと笑い出した」も同様だ。「藤野先生」にある「抑揚のひどい口調」という一言から、太宰は「強い関西なまりに悩む」藤野厳九郎像を作り上げた。


藤野先生が周さんにノートの「添削」を持ち掛ける場面は、「惜別」では周さんが「私」の下宿で、自分の解剖学のノートを見せながら説明する形をとる。

「君は、私の講義が筆記できますか」「ええどうにか出来るつもりです」「どうだかな？　ノオトを持って来て見せなさい」。そんなやり取りの後、先生はノートを2、3日預かり、返す時に「これから、1週間毎にノオトを持っておいで」と言った。ノートを開けると、初めから終わりまで全部、朱筆が加えられていた。たくさんの書き落しの箇所がきれいに埋められているばかりか、文法の誤りまで細かく直してあった——。この場面設定はもちろん太宰独自のものだが、事実関係は「藤野先生」にある通りだ。

コラム

## 津軽なまり

太宰治の次女で作家の津島佑子さん（2016年死去）は長編小説「火の山—山猿記」で初めて父を描いた。気鋭の若手画家という設定だったが、津軽弁丸出し。なまりは死ぬまで抜けなかった。かなり実像に近いようだ。

気取り屋だった太宰は話し言葉にも気を使った。東京帝大入学後、歌舞伎の十五世市村羽左衛門の正調江戸弁を物にしようと、猛練習に明け暮れる。完全にマスターできたと確信。カフェに繰り出して自信満々披露したら、ホステスに言われた。「あんた、田舎は津軽だね」

小説「惜別」にも、なまりへの劣等感がにじみ出る箇所が多い。津軽出身とみられる語り手の「私」は田舎なまりがひどく、同級生と話すことさえためらう。ただ、中国人の周さん（魯迅）や、関西なまりを隠そうと苦心している藤野先生とは、気後れすることなく話ができた。

## 「田舎」を見抜かれる

3人が「親密な同盟」を結んだのは「日本語不自由組」で気が合ったからだと、冗談めかして書いている。

太宰が「私」に、自分を投影させたのは間違いないだろう。

## 匿名の手紙

添削を受けたノートは、ある事件を引き起こす。藤野先生が周さんに試験問題を漏らしたのではないかと疑った同級生がいたのだ。「惜別」では、「汝悔い改めよ！」で始まる匿名の手紙が周さんに届いたことを、東京の府立一中出身の同級生、津田が「私」に伝えるところから描かれる。

手紙は「汝は藤野先生から解剖学の試験問題を、あらかじめ漏らしてもらっていたのだ、その証拠には、汝の解剖学のノオトには、藤野先生が赤インキで何やら記しをつけてある。汝には及第の資格がないのだ」という内容だ。「私」はこの手紙のことを津田から聞き、数日前の出来事を思い出す。クラス会幹事の矢島が、黒板に明日クラス会を開催する、全員漏れなく出席してほしいと書き、「漏」という字に二重丸を付けた。それを見て5～6人の生徒がどっと笑ったことだ。「私」は、その時は気にも留めなかったが、実は周さんへの当てこすりだったことに気付く。

この事件そのものは「藤野先生」に記された通りだ。しかし、同作品では、魯迅が藤野先生にすぐ知らせたのに対し、「惜別」では、津田と相談の上、「私」が先生に報告に行ったことになっている。手紙を書いた犯人の矢島を、仙台の大金持ちの息子でキリスト教系の学校出身、尊大なところはあるものの、東北人特有の潔癖性を持つ人物として描いた。矢島は藤野先生から犯人を捜すように言われたことをきっかけに、愚かな誤解をしたことに気付き深く反省、自ら周さんの下宿に謝りに行く。周さんも矢島を許す。

藤野先生の人柄や対応が事件を解決に導くわけだが、「周君の解剖学は落第点や。他の学科の点数が良かったから、あれだけの成績を収めた」とも語らせる。「藤野先生」では、「同級の百余人の中でわたしは真ん中あたりで、落第だけはせずにすんだ」と触れているだけだ。太宰ならではの、膨らみのある物語に仕立て上げられている。

小田嶽夫の「魯迅伝」によると、１学年末の魯迅の成績は、同級１４２人中68番だった。全7科目の平均点は65・5点で、解剖学だけが落第点の59・3点だった。

「惜別」で重要な役割を果たす同級生の津田は、先に述べたように、太宰が創作したキャラクターだ。おせっかいでプライドが高く、手紙事件は「国際問題だ」などと大げさに騒ぐ。常に周さんを振り回すことになるが、それも周さんを深く愛していたからではないかと、作品の最後で「私」に語らせる。

津田の最初のエピソードは、周さんを自分と同じ下宿に引っ越させたことだ。一つ目の下宿だった仙台市米ケ袋の宮城監獄署の向かいの仕出し弁当屋は、監獄の囚人の食事の差し入れもしていた。清国留学生の秀才が、囚人と同じ鍋のめしを食っているのは清国の体面にも関わる、と言って説得した。

「藤野先生」では、仙台医専の先生の一人が津田と同じことを言い、その好意を無視するわけにはいかないので、魯迅が自ら新しい下宿を探した、と書かれている。

このあたりの人物の性格設定は、いかにも太宰らしい。「惜別」の前後に書かれた「新釈諸国噺（ばなし）」や「お伽草紙」を思い起こさせる。

宮城監獄署の前にあった魯迅の最初の下宿「佐藤屋」跡。太宰も取材に訪れた。現在は取り壊され、さら地になっている（1998年秋、筆者撮影）

## 幻燈事件

「幻燈事件」は、魯迅が仙台医専2年生の時に起きた。文学を志すきっかけの一つになったとされる。「惜別」では次のように描かれた。2学年になると黴菌(ばいきん)学という学科が加わり、細菌の形状を教えるのに講師が幻燈を映し、特徴などを説明した。時間が余った時は風景や時事の画片を映した。時事の画片では日露戦争関係が圧倒的に多かった。その中に問題の画面があった。「私」はこう述懐する。

「ひとりの支那人が、露西亜(ロシア)の軍事探偵を働いた罪に依(よ)って処刑される景があらわれた。講師の説明を聞いて、私たちは、またもさかんな拍手を送った。その時、教室の、横のドアをそっとあけて廊下に忍び出た学生の姿を私は認めた。はっと思った。周さんだ。（中略）私もつづいてそっと教室から出た」。周さんは「私」に思いのたけをぶつける。

「きっと、あなたが、ついて来ると思っていました」「あの（処刑された）裏切者よりも、あのまわりに集まってぼんやりそれを見物している民衆の愚かしい顔が、さらに、たまらなかったのです」。太宰は、民衆に必要なのは医学よりも精神の改革だ、国民性の改善だと、周さんに語らせる。

言うまでもなく、この場面は完全な創作だ。作品全体を通して描き続けてきた「私」と周さんの関係は、一つのピークを迎える。

医学から文芸への転換は「ずいぶん前から徐々に行われていたのは事実だが、幻燈事件がその総決算の口実になったことは認めざるを得ない、仙台を引き上げる踏み切り台になった」と、40年後の「私」は振り返る。

「藤野先生」では、幻燈を見た時の生徒の反応を、「『万歳！』彼らはいっせいに手をたたいて歓声をあげた。（中略）わたしにとっては、その声はとくに耳を刺すようにきこえた」「そのときその場で、わたしの考えは変わってしまったのだ」と書かれた。この事件によって、魯迅が非常に強い屈辱感を受けたことをうかがわせる記述だ。

## 「惜別」の二字

藤野先生と周さんの別れの場面を、太宰は「藤野先生」からの長い引用で終えた。

医学の勉強をやめようと思うこと、仙台を去るつもりでいることを、魯迅は、藤野先生に告げる。がっかりさせたくないと考え、「生物学を学ぼうと思います」とうそをつくが、「医学のために教えた解剖学の類は、怕（おそ）らく生物学には大して役にも立つまい」と、先生は深い悲しみの表情を浮かべて語る。

仙台を出発する4、5日前に、先生は魯迅を自宅に呼んで、自分の写真を贈った。写真の裏には「惜別」という二文字が書かれていた。先生は、魯迅に後で写真を撮ったら送ってくれるよう、また手紙でその後の様子を必ず知らせてくれるよう頼んだ。しかし、魯迅は長く写真を撮ることがなく、その後の様子も知らせれば先生を失望させるだけだと思い、手紙も書けなかった。

魯迅は「藤野先生」で、二十年後の今でも、折に触れて先生を思い出すこと、先生の写真を北京の自宅の壁に書卓の方に向けて掛けてあること、夜間に疲れて怠け心が起きた時に先生の顔を見ると、良心が奮い起こされ勇気が出ると書いた。先生が訂正してくれたノートを魯迅は3冊の厚い本に装丁したが、引っ越しの際に紛失し、運送店に捜させたが見つからなかったと記している（実際は、後に親せき宅から発見された）。

太宰が引用した箇所は、文章の流れはほとんど「藤野先生」のままだが、細かい表現などにはかなり手を加えている。

太宰は長い引用の後で、「惜別」をこう結ぶ。

「のちに日本に於(お)いて、魯迅先生の選集の出版せられるに当り、日本の選者は先生にどの作

コラム

## 鎌倉心中事件

太宰治は、生前4回の自殺・心中未遂を行ったと言われる。太宰の人生や文学において最も重要な意味を持つ出来事の一つとなったのが、1930年の「鎌倉心中事件」だ。小説「道化の華」「狂言の神」「東京八景」「人間失格」などで、虚構を加え、繰り返し書かれている。

### 生涯消えぬ罪の意識

事件は、太宰が銀座のバーのホステス田辺あつみと鎌倉・腰越の小動崎（こゆるぎがさき）の「畳岩」の上で睡眠薬を飲み、田辺だけが死んだ。薬は致死量よりはるかに少なく、偽装心中で、田辺の死は過失だったとの見方がある。太宰が事件の直前、小山初代との結婚の条件として、生家・津島家から分家除籍されたことが背景にあるとされる。

黒木舜平の筆名で書いた探偵小説「断崖の錯覚」（発表から47年たって太宰の作品と判明）との関連も指摘される。新進作家の名をかたった男が、偽物とばれるのを恐れ、結婚を約束した少女を断崖から突き落として殺す。殺人は闇に葬られるが、少女への思慕の念に苦しむ話だ。

鎌倉心中事件は、太宰に生涯消えない罪の意識を植え付けた。

「鎌倉心中事件」の舞台となった神奈川県鎌倉市の小動崎。太宰治と田辺あつみが睡眠薬を飲んだ「畳岩」は1980年代に崩れ落ちたため、今はない（1998年夏、筆者撮影）

品を選んだらよいか問い合わせたところが、先生は、それは君たちの一存で自由に選んでよろしい、しかし『藤野先生』だけは必ずその選集にいれてもらいたい、と言われたという」

これは1935（昭和10）年に岩波文庫版「魯迅選集」を出版する際に、選者である作家の佐藤春夫と中国文学者の増田渉（わたる）が魯迅にどの作品を採録するか意見を求めたところ、魯迅は「藤野先生」だけはぜひ入れてほしいと答えたという事実に基づく。

## 原作に脚色施す

「惜別」は、細かい描写についても、「藤野先生」を参考にしている箇所が多い。例えば、東京にいる清国の留学生が「辮髪（べんぱつ）を頭のてっぺんにぐるぐる巻にしてその上に制帽をかぶっているので、制帽が異様にもりあがって富士山の如き形になって」いたとか、「中にちょっとお洒落（しゃれ）なのもいて、制帽のいただきが尖（とが）らないように辮髪を後頭部の方に平たく巻いて油でぴったり押さえつけるという新工夫を案出して、（中略）帽子を脱ぐと、男だか女だかわからない奇怪な感じで、うしろ姿などいやになまめかしくて、思わずぞっとする体（てい）のものであった」などは、「藤野先生」の記述に、太宰が脚色を施したものだ。

東京・神田駿河台の清国留学生会館に行くと、2階でどしんどしんと大乱闘でも行われているような音がする。周さんが何が起きているのか尋ねると「事務所の日本人のじいさんは苦笑しながら、あれは学生さんたちがダンスの稽古をしていらっしゃるのですと教えてくれた」も同様だ。周さんがこうした留学生と一緒にいることに耐えられなくなり、仙台行きを決意する場面につながっていく。

「藤野先生」は回想記だが、創作の要素も含む。例えば、魯迅が一人で汽車に乗り仙台へ向かう時の描写に、「東京を出発してからまもなく、ある駅に着いた。日暮里(にっぽり)と書いてあった。なぜか知らないが、わたしはいまもなおこの名を覚えている」とある。「惜別」では「汽車で上野を出発して、日暮里という駅を通過し、その『日暮里』という字が、自分のその時の憂愁にぴったり合って、もう少しで落涙しそうになった」と書かれ、周さんの悲しみを巧みに表現している。

実際には、日暮里駅の開業は1905(明治38)年4月1日。魯迅が仙台に向かった04年秋には、まだ同駅は存在しなかった。

「私」と周さんが出会った松島で周さんが歌う唱歌「雲」と、周さんの送別会で「私」や津田、矢島らが歌う「仰げば尊し」は、太宰の妻の津島美知子さんによると、「自宅に在った『小学唱歌集第三編』(明治十七年発行)の復刻版からとった」。(「回想の太宰治」)

# 作品の評価

## 魯迅の受けた屈辱

「魯迅の晩年の文学論には、作者は興味を持てませんので、後年の魯迅の事にはいっさい触れず、ただ純情多感の若い一清国留学生としての周さんを描くつもりであります」。先に述べたように、太宰治は日本文学報国会と内閣情報局に提出した「『惜別』の意図」にこう記した。この言葉通り、「医学」から「文学」へ転身しようとする若者、周樹人の物語を、太宰独自の視点、感性によって描き上げたと言えるだろう。

同級生ら登場人物がうまく造形され、物語の構成もしっかりしている。作中で「私」が述べるように、周さんはもともと文学が好きだったのであり、特定の事件がきっかけで転身を思い立ったのではないことが柱の一つになっている。周さんに太宰自身の文学観を語らせるなど、文学作品として読み応えがある。

「惜別」について、文芸評論家の亀井勝一郎は「淡々として、しかも骨格ががっちりしている。太宰文学の中でも、最も端正な作品」と評価している。（新潮社「太宰治集」下巻解説、

1949年）

だが、「惜別」は発表後間もなく、魯迅研究者らの厳しい批判にさらされる。中国文学者で文芸評論家の竹内好は、その急先鋒だった。藤野先生が魯迅に試験問題を漏らしたと疑われ、いやがらせの手紙が届いた事件や、「幻燈事件」によって魯迅が受けた屈辱を、太宰は理解していないというのが主な理由だ。

竹内は「惜別」で描かれた二つの事件が「魯迅に打撃らしい打撃を与えていぬ」ため「彼の文学志望が外部からくわえられている」ことや、「（いやがらせの手紙を書いた）学生幹事への憎しみがはっきりせぬため藤野先生への愛情が低く固定している」ことなどを指摘した。「魯迅の受けた屈辱への共感が薄いために愛と憎しみが分化せず、そのため、作者の意図であるはずの高められた愛情が、この作品には実現されなかったのではないか」と述べる。

その上で、「魯迅の愛したものを愛するためには、彼の憎んだものを憎まねばならない。魯迅を仙台から、従って日本から立ち去らせたものを憎むことなくして魯迅そのものを愛することは出来ない」と主張した。（「近代文学」1947年2、3月合併号）

当時の魯迅研究の第一人者である竹内の厳しい批判は大きな影響を与えた。長い間「主観だけででっち上げた魯迅像」「失敗作」などと評価する人が多かった。

## 文学としての価値

こうした流れに対し、「惜別」の文学作品としての価値を見直す声が、近年強まっている。「惜別」は伝記ではなく、竹内の批判は的外れであること、太宰なりの魯迅解釈が示されており、小説として優れた面があるという見方だ。太宰の文学観がしっかり盛り込まれていることも、徐々に注目されるようになった。

小説家で劇作家の井上ひさしさん（山形県川西町出身）は生前、筆者に、太宰作品で一番好きなのは「惜別」で、太宰の文学論に強くひかれたと、次のように話してくれた。

「難破した人がいて、必死にしがみついたのが灯台の窓縁。助けを呼ぼうと中を見ると、灯台守の夫婦とその幼い女の子が、貧しい夕食ながら、楽しそうにだんらんしている。邪魔しちゃ悪いなと思った途端、波にさらわれて、死んでしまう。この遭難者が家庭のだんらんを壊しては悪いなと思ったため死んでしまったことは、誰も知らない。そういう誰も知らない、世の中に無数にある『高貴な宝石』を探し出して書くのが作家、文学の仕事だと書いている。すてきな文学論だと感動した」

「惜別」の終わり近くで、周さんが「私」に、文芸に対する「即興の譬話（たとえはなし）」をして私を啓発してくれた事があったと「私」が回想し、その譬話を紹介する形で描かれている。

「誰にも目撃せられていない人生の片隅に於いて行われている事実にこそ、高貴な宝玉が光っている場合が多いのです。それを天賦の不思議な触覚で探し出すのが文芸です。文芸の創造は、だから、世の中に表彰されている事実よりも、さらに真実に近いのです」

「文芸が無ければ、この世の中は、すきまだらけです。文芸は、その不公平な空洞を、水が低きに流れるように自然に充溢させて行くのです」

## 思いを込めた随筆

この部分の基になったのは、1944年に太宰が青森県内の雑誌に発表した、「一つの約束」という随筆だ。大筋は「惜別」に書かれたものとほとんど変わらないが、「惜別」では文章がかなり練られ、文芸作品らしくなっている。

「(高貴な宝玉を)天賦の不思議な触覚で探し出すのが文芸です」以下の結論は、元の随筆にはない。代わりに「第一線に於いて、戦って居られる諸君。意を安んじ給え。誰にも知られぬ或る日、或る一隅に於ける諸君の美しい行為は、かならず一群の作者たちに依って、あやまたず、のこりくまなく、子々孫々に語り伝えられるであろう。日本文学の歴史は、三千年来それを行い、今後もまた、変る事なく、その伝統を継承する」と結んでいる。

第3章で触れるが、太宰は1943年5月に、まな弟子の三田循司（仙台の旧制第二高等学校出身）をアッツ島の戦いで失っている。三田の死を中心に据えた短編「散華」をすでに発表していた。「一つの約束」には、三田の生き方や自分が「散華」を書いた思いも反映されているのかもしれない。いずれにしても、「惜別」は、井上ひさしさんが言うように、この文学論を述べた箇所があることによって、一段と輝きを増したことは間違いない。

内閣情報局と日本文学報国会から「国策小説」を求められながら、社会的、政治的意図を極力排除し、魯迅と自分を重ね合わせて、自らの文学観、文学論を堂々と提示してみせた太宰治。「惜別」は時局への迎合も批判も避けて書かれた、純粋な文学作品なのだ。当局からの委嘱を逆手に取って書き上げた秀作と言ってもよいのではないか。

戦時中で多くの表現上の制約がある中、苦心してこうした「骨の折れる」仕事を成し遂げた太宰の手腕は、ますます高く評価されるべきだろう。

# 第2章　「パンドラの匣」と戦後

## ❖ 初の新聞小説

### ▐ 終戦直後の金木町で

太宰治は1945（昭和20）年4月、東京・三鷹で空襲に遭い、自宅の一部が損壊する被害を受けた。甲府市の美知子夫人の実家に疎開したものの、7月に空襲で焼け出されてしまう。悩んだ末、青森県金木町（現五所川原市）の生家に疎開することを決めた。同月28日に甲府をたち、東北線、陸羽西線、奥羽線、五能線、津軽鉄道を乗り継ぎ、31日、ようやく金木に着く。前年にも小説「津軽」の取材旅行の途中で立ち寄ってはいたものの、本格的な帰郷は、15年ぶりだった。

生家に近い神社の境内に爆弾が落ちたこともあって、太宰は帰郷した翌日から、町外れの湖畔の林の中に避難小屋を造る手伝いをした。太宰は、生家を狙った爆弾がそれたのだと話していたという。終戦を告げる玉音放送があったのは、帰郷して16日目。終戦前後の様子を、太宰は、河北新報社出版局次長の村上辰雄宛ての手紙に、次のように記している。村上とは、「惜別」の取材で仙台を訪れて以来、親交を深めていた。

「こちらへ来た当座は、何が何やら見当ちがいばかりで甚だ（はなは）弱りましたが、もう少しずつなれて来ました。何のことはない、ただ一部屋に籠城して、仕事に精出していたら、それでいいのでした。（中略）このごろは、一日の仕事がすむと、読書としゃれこみます」

生家への疎開、その後の暮らしぶりを知らせるこの手紙が村上に届いたことが、「パンドラの匣（はこ）」の誕生につながっていく。村上は、当時の太宰とのやりとりを詳しく紹介した二つの回想記を残している（「東北文学」１９４５年８月号、旺文社文庫「パンドラの匣」所収、１９７２年）。これらの回想記や書簡などを参考に、作品誕生までの流れを追ってみたい。

河北新報社内では終戦後、全国の新聞に先駆けて新聞小説を再開したいという声が強まっていた。村上は9月半ばすぎ、手紙で太宰に10月からの小説執筆を打診する。9月25日、太宰宛にウナ電（至急電報）を打ち、正式に執筆を依頼した。「十五ヒヨリノレンサイシヨウセツゴシツピツコウ／イサイフミ／チカクレンラクニユク／ムラ」

少しでも早く太宰に会い、執筆の諾否を確かめようと考えた村上は、連絡の手紙を出すのをやめ、電報を打ったその日のうちに、夜行列車で青森に向かう。翌26日の昼には、金木町の生家、津島家の玄関に立っていた。

太宰は驚いた様子もなく、にこにこしながら村上を出迎える。幾つかの座敷や文庫蔵などの脇を通って、離れにある自分の書斎に案内した。室内には机や椅子、置時計しかなく、原稿は、隣り合わせのガラス戸のあるベランダ風の部屋で書いていたという。籐椅子が二つあり、机の上には、さまざまな道具とともに、灰皿が無造作に置いてあった。

## 連載へ強い意欲

「電報のことだが、どうだろう」。久しぶりに再会した喜びに浸る間さえ惜しむように問い掛けた村上に、太宰は「そのことだったら、外へ出てゆっくり話そうじゃないか」と応える。買い物袋を提げて家を出た太宰は、親戚だという商家に寄ってワインを調達し、村上を小さな湖に面した、見晴らしの良い原っぱに案内した。岩木山（津軽

太宰が金木町に疎開中、妻子と暮らし、「パンドラの匣」を執筆した生家の離れ（新座敷）。1948年に約200メートル離れた場所に移築され、呉服店の一部などとして使われた。現在は「太宰治疎開の家」として公開されている（1998年秋、筆者撮影）

富士）がきれいに見渡せる、自慢の場所だった。太宰は袋から二つのコップを取り出すと、深紅のワインをなみなみと注いだ。「小説書いてくれるね」と、再度尋ねる村上に、太宰はこう答えた。

「うん、書きたいと思っているものがあるんだ。（中略）何しろ終戦だろう。僕は、改めて希望というものを感じている。パンドラの匣から、最後に見つけ出した生きがいというか、もう長虫だの歯のある蛾(が)だの毒蛇は見たくもないんだ」

「パンドラの匣、それがいい、それにしよう」。村上は即座に応じた。「三百枚書き下ろしだよ」と続けると、太宰は「いや、二百枚というところかな。丁度、今年いっぱいに終るという幕切れもいいじゃないか」と返す。太宰にとって新聞の連載小説は初めてだったが、強い自信を示した。

「心のひらけるような小説が書きたいのだ。とにかく、こうと決まれば、船頭は安心してまかせてもらって、さあ飲もう」

村上は、挿絵を画家の中川一政に依頼するつもりであることや、連載が終了したら河北新報社で出版したいこと、原稿料などについて、詳しく説明した。翌日、仙台に帰るため金木駅に向かう村上を見送った太宰は、「月末までに第一回を送稿する」と約束した。

太宰は、師である作家、井伏鱒二への10月7日付の書簡で、「パンドラの匣」執筆が決まったことを報告している。

「10月16日から仙台の河北新報に、連載小説を書く事になりました。1枚10円だそうです。挿絵は中川一政氏の予定だそうです。たのしみながら書いて行こうと思っています。どんな事を書いてもかまわないそうですから、気が楽です」。太宰が強い意気込みをもって執筆に取り組んだこと、「パンドラの匣」執筆にかなりの自信を持っていたことがうかがえる。

## 20回分を一度に送稿

村上の元に太宰から初めての原稿が届いたのは、9月30日だった。正式に承諾する前から執筆に着手していたのは明らかだ。連載に先駆けて掲載するための「作者の言葉」とともに、20

終戦後、青森県金木町（現五所川原市）の生家に疎開していたころの太宰治

回分、約80枚が送られてきた。同封された走り書きのメモに「竹さんなる女性の顔は、当分挿絵のほうには出さないよう画伯に御伝言下さい。そのわけは、あとでわかります。大いに面白いものを書くつもりです」とあった。

初めに挿絵を依頼した画家の中川一政は、当時、仙台近郊の宮城県宮床村（現大和町）の歌人原阿佐緒の家に疎開していた。阿佐緒の次男で俳優の原保美さんの妻は、中川の長女桃子さんだ。送られてきた20回分を読んだ中川は、村上によると、こう語ったという。

「これはとても描けない。いや、こういう小説にタッチしたら、面白くて、精魂をつくし果てるまでに抜きさしならなくなる。僕がこの『パンドラの匣』をやるとしたら、きっと絵筆の勉強を投げ出してかかるだろう。それが怖いので、とても描けない。どうか太宰君によろしく言ってください」（「東北文学」１９４８年8月号）

挿絵は版画家の恩地孝四郎が担当することになった。恩地は後に、「新聞小説でこんなにまとめて原稿をもらったのは太宰さんが初めてだった」「これほど楽しい仕事はかつてなかった」と振り返ったと、村上は記している。

## ❖「雲雀の声」

### 出版直前に空襲で焼失

「パンドラの匣」には、基になった小説がある。1943（昭和18）年の秋に書かれ、小山書店から刊行する予定だった「雲雀の声」だ。だが、若者の恋愛もテーマの一つとして盛り込まれた作品で、当局の検閲で不許可になる恐れがあった。結局、出版を見合わせることになる。太宰治は42年、短編小説「花火」を「文芸」10月号に発表したものの、時局に合わないとして、当局から一部削除を命じられていた（「日の出前」と改題して1946年に再度発表）。同じような思いをすることを警戒したのだろう。

「雲雀の声」の発行は、延び延びとなった。紆余曲折を経て、ようやく発行が実現する矢先の1944年11月末、東京・神田の印刷工場が空襲により全焼。印刷製本中の全ての本と原稿が焼失した。

太宰が強い衝撃を受けたことは、想像に難くない。弟子の小山清宛ての12月13日付のはがきにこう記している。「先日は空襲で、神田の印刷工場がやられて、私の出るばかりになっていた『雲雀の声』が全焼したそうで、少しくさりました。でも、本屋では、また印刷し直すと言っています」

結局、「雲雀の声」が再び印刷されることはなかったが、知り合いの東宝株式会社のプロデューサーY氏に預けていた校正刷りが、かろうじて残った。

太宰の妻、津島美知子さんが著書「回想の太宰治」で、校正刷りが残った経緯について書いている。

Y氏は太宰の小説「佳日」の映画化を企画。44年1月に太宰宅を訪れて話をまとめて以来、交流を続けていた。太宰は自分の新作に注目するY氏に、「雲雀の声」が発刊予定であることを話し、校正刷りを渡した。

空襲で原稿まで全て焼失したことを受けて、甲府に疎開した後の45年5月、太宰はY氏に校正刷りを書留で送るか、さもなければ大切に保管してほしいと頼んだ。Y氏は翌6月、甲府を訪れ、太宰に校正刷りを手渡した。間もなく甲府の家も罹災（りさい）するが、校正刷りはほかの書きかけの原稿とともに太宰が持ち出したため、無事だった。この校正刷りを基に、戦後に書き直したのが「パンドラの匣」だ。

Y氏が注目した「佳日」は、友人の結婚を題材にした作品だ。「四つの結婚」のタイトルで映画化され、44年9月に公開された。監督は青柳信雄で、太宰は東宝のスタッフとともに、脚色に当たっている。清川荘司、入江たか子、山田五十鈴、山根寿子、高峰秀子ほかが出演した。

## 愛読者からの手紙

「雲雀の声」は、太宰作品の熱心な読者だった木村庄助の日記を素材にした小説だ。木村と太宰の関係は、津島美知子さんが「回想の太宰治」の中で詳しく説明しており、関連する太宰の書簡なども残っている。これらの資料を基に、出会いから「雲雀の歌」誕生までの流れを振り返ってみる。

木村が、太宰に長い手紙を二度に分けて送ったのは、1940(昭和15)年7月。太宰の作品を愛読していることや、文学を志していることなどを伝えた。自らの小説も何点か送ったらしい。

木村は京都府の茶問屋の長男だ。自宅で結核の療養中で、当時数え年20歳の若者だった。8月には「晩年」(太宰の処女小説集)に収められた「葉」で読んだからと、宇治茶を送ってきた。「葉」はこう結ばれている。

「よい仕事をしたあとで/一杯のお茶をすする/お茶のあぶくに/きれいな私の顔が/いくつもいくつも/うつっているのさ/どうにか、なる。」

コラム

## 国際的な評価

太宰治の作品は、エスペラント語を含む20カ国語以上に翻訳されている。当初は「人間失格」「斜陽」など戦後の作品が中心だったが、1970年代からは、主要作品の多くが翻訳されるようになった。各国に優れた翻訳家や研究家が育ったことで、今では、太宰文学の真価が、より深く理解されている。

### 20カ国語以上に翻訳

早稲田大名誉教授の武田勝彦さんは、国際的に将来も読み継がれるだろう邦人作家として「日本的で普遍性を備えた太宰、夏目漱石、川端康成」の3人を挙げていた。劇作家テネシー・ウイリアムズが太宰とドストエフスキーを同列に論じたことや、太宰とフランツ・カフカを比較して太宰を上位に置いたインドの批評家がいること、フィッツ・ジェラルドやJ・D・サリンジャーの先駆として太宰を評価する声があることなども教えてくれた。

作家の井上ひさしさんは、「人間失格」を「コミックの最高傑作」であると高く評価したハワイ大のジョエル・R・コーン氏の研究に強い関心を寄せていた。

各国語への翻訳が相次いでいる太宰治の作品

太宰は、木村からの手紙に対し、その都度、簡単な返事を出している。
40年8月2日付の木村宛てのはがきは、「貴兄の文学が見込みがあるかどうかは、貴兄がこれから、もう五年、自重の御生活をなさってから、お答え致します。ちゃんとお約束いたします。（中略）おからだが、おわるい由、御快復を祈って居ります。欺かざるの日記を、おからだに無理でない程度に、書いて居られるとよい。御母堂を、お大事になさい。私から、お願いします」と書いている。
木村はその前年から日記をつづっていたようだが、この後も「太宰治を思う」と題することになる、長い日記を地道に書き続けた。木村の実弟で大阪大名誉教授の木村重信さんによると、木村は40年4月の「文芸」に掲載された太宰の「善蔵を思う」を読んで感動し、太宰に手紙を出した。日記のタイトルはもちろん「善蔵を思う」から取った。（木村重信編「木村庄助日誌―太宰治『パンドラの匣』の底本」、編集工房ノア）
太宰の作品には「正義と微笑」「女生徒」「斜陽」など、愛読者らの日記を素材にしたものが多い。木村に日記を書くよう勧めた時に、太宰が小説に使えるかもしれないと考えたかどうかは分からない。だが、後に思わぬ形で木村の日記を後に手にしたことが、「雲雀の声」の執筆につながっていく。

太宰が木村に宛てた2通目のはがきは8月20日付。太宰の作品集「二十世紀旗手」が手に入らないかとの木村からの質問に、太宰は、現在は入手困難だが、何編かの小説は新しい小説集に入れたいと伝える。その上で、「私のところへ、お品を送っては、いけません。なんだか、おちつかない気持ちになります」と書いた。

8月22日付の3通目のはがきは、良いお茶を送ってもらったお礼を述べ、「私は、お茶をのむと夜ねむれないので、朝、仕事を始める前に、一ぷく、いただく事に仕様（しよう）と思います」と律儀に書いた。好意を踏みにじってはいけないとの配慮がうかがえる。続けて、「こんどからは、お品をこちらへ送ることは、いけません」と、あらためて注意を促している。

木村は10月11日には、近くの村の友人の住所、名前を借りて太宰の著書について、どうすれば入手できるか質問している。太宰は質問に答えるとともに、「（同じ郡の）木村庄助君が、いつも面白い長い手紙を私に下さいますが、ご存じですか？　ご存じでなかったら逢（あ）ってごらんなさい。面白い青年のようですよ」と書いた。木村が変名で出した手紙であることに気付かなかったことが分かる。

## 木村の訃報と日記

木村と太宰の交信は、これで途絶える。ところが、３年近くたった１９４３（昭和18）年

7月、木村の父親から、木村の訃報が届く。木村は、幾つかの結核療養所で治療を受け、43年になって一度は退院したが、その後病状が悪化。同年5月13日に死去した。22歳だった。「太宰治を思う」と題した木村の日記12冊も、小包で送られてきた。太宰への日記送付は、木村の唯一の遺言だった。

実弟の木村重信さんによると、「日誌はA5判大学ノートの数冊分をまとめて、京都の丸善で製本したもので、縦二十センチ、横十六センチ、厚さ約三センチの、クロス張りの厚手表紙をつけ、背には短い語句と番号が印刷されて」いた。重信さんが、全12冊を荷造りして発送したという。（木村重信編「木村庄助日誌」）

太宰は7月11日、木村の父親にお悔やみの手紙を書き、次のように付け加える。

「庄助様の文才に就いて私もひそかに期待するところがございまして、けれども未だおとしも若いし、もう五、六年も経ってからと思って居りましたのですが、まことに私も呆然たるものでございます。日記は確かに大事にお預かり申上げます。ゆっくり拝読して故人の御遺志に添いたいと存じて居ります」

津島美知子さんは「回想の太宰治」で木村の日記に触れ、「日記の大部分を占めるのは、二十歳にして不治の病（とされていた）の結核のため廃人同様となった若者の心身の苦悩と、太宰を発見して太宰に芸術的血縁を感じ、それ以後、太宰に救いを求める熱情である。美しい字でびっしり書き込んだ日記は読む人の心を打つ」と書いている。

公開された日記の写真を見ると、小さい字で整然と、ノートいっぱいに書かれている。木村の几帳面さや、「おそらく彼が壮大な自伝風の小説を企図した」（木村重信さん）であろうことがうかがえる。

## 「健康道場」での生活

木村は、数年間に及ぶ療養生活のうち、41年8月から12月までの4カ月間余り、「孔舎衙健康道場」という大阪府の生駒山中の結核療養所に入っていた。「雲雀の声」「パンドラの匣」の舞台のモデルとなった施設だ。

木村の日記は戦災で大部分が失われ、現在は3冊しか残っていない。焼け残った日記は、91年に津島家から実弟の重信さんの元に返却された。３冊の中には孔舎衙健康道場に入所していた時期のものも部分的に含まれる。道場での日課や「輔導員」と呼ばれる看護に当たる若い女性たちとのさまざまなやりとり、道場での生活の中のささやかな喜びや苦悩を率直に書き記している。

木村については長い間、謎に包まれていたが、太宰文学研究家の浅田高明さんの長年にわたる緻密な調査をまとめた著書「探求太宰治―『パンドラの匣』のルーツ木村庄助日誌」や、木村重信さんが日記の一部を公開したことなどによって、その生涯や人となり、日記に込めた思いなどが一部、明らかにされている。

残された木村の健康道場時代後半の日記を見ると、「拓生」と呼ばれた患者、輔導員のあだ名や会話など、「パンドラの匣」の登場人物やエピソードなどの参考にした箇所が、幾つかあることが分かる。しかし、「パンドラの匣」が太宰の創作であることは言うまでもない。浅田高明さんは、木村の日記が「パンドラの匣」の登場人物の造形、言動などの参考になっているケースがあることを指摘しつつ、「太宰が執筆に当たって、原資料を取捨選択するその手さばきの鮮やかさには、只々(ただただ)、目を見張り感嘆せざるを得ない」(木村重信編「木村庄助日誌」解説)と述べている。

津島美知子さんは、作品と日記を読み合わせてみると、療養所の日課や、療養者同士、あだ名で呼び合うことなどを太宰が作品に取り入れたことが分かると指摘。その上で、小説の主人公の「ひばり」や「竹さん」らの登場人物は、「(日記から)ヒントを得ているにせよ、太宰の作り上げた人物像」だと、はっきり述べている。

作品の内容についても、「太宰は重苦しい告白や一途な呼びかけには目を背け、明るい軽妙なタッチで、木村さんが一時期を送った療養所の生活に焦点を当てて」書いた、と記している。
（「回想の太宰治」）

木村の日記は、本人の思いとは幾分異なったかもしれないが、戦時中に小説「雲雀の声」の素材となり、思わぬ罹災（りさい）を経て書き直されることになる。最終的に太宰の戦中戦後の文学、思想の連続性、変遷を知る上で重要な意味を持つ作品「パンドラの匣」として結実することになった。

# 新聞連載開始

## 手紙形式の小説

太宰治が「パンドラの匣」の「作者の言葉」と連載20回分を、１９４５年9月30日に一気に送ってきたことは、先に紹介した。河北新報社出版局次長の村上辰雄宛てに2回目の原稿が送られてきたのは10月18日で、40回目まで20回分だった。

「毎日ヘトヘトです。これから、また雑誌の新年号に短編二つばかりどうしても書かなければなりません」と書き添えてあった。太宰の心の中でどんな変化が起き始めていたのか。「ヘトヘト」の意味は、この時点ではおそらく、村上にも他の編集者たちにも、正確には伝わらなかった。

河北新報に、次の連載小説は「パンドラの匣」であることを知らせる社告が掲載されたのは、太宰からの2度目の原稿が届いてから2日後の10月20日だった。社告は「津軽の作家太宰治氏の登壇を促した」理由として、洒脱（しゃだつ）でおおらかな作風は薫り高い太宰文学として読者に敬愛されていること、久しく停滞期にあった文壇と読書界に生新の気を注入するには最もふさわしい郷土の作家であることを挙げた。
作品については「たぐいなく愉(たの)しい純文学のお手本を示して、われら行人に呼びかけながら、明日の文壇をさえ揺り起そうと本紙のために書下ろした力作」だと紹介している。

コラム

## 檀一雄を人質に

## 「走れメロス」生む？

１９３６年12月、太宰治は熱海温泉の旅館に泊まり込んで小説を書いていたが、宿代や飲み屋の支払いなどがたまり、東京に帰れなくなる。当時の妻初代が、太宰と親しい作家の檀一雄に金を渡し、夫を連れ帰るよう頼んだ。

熱海で、太宰は喜んで檀を迎える。だが、檀と連日飲み回っているうちに、金は底を突いてしまった。

太宰は「菊池寛の所へ行く」と言い、檀を人質として旅館に残し、金策に出掛ける。しかし何日たっても帰ってこない。檀が監視人と一緒に東京へ探しに行くと、太宰は師の井伏鱒二宅で、井伏と将棋を指していた。

怒りが収まらない檀に、顔面蒼白となった太宰は言った。「待つ身がつらいかね、待たせる身がつらいかね」。借金は井伏や同じく師の佐藤春夫が肩代わりした。特に井伏は、自分の持ち物を質に入れるなどして何とか工面したという。

檀は太宰の名作「走れメロス」を読んだ時、あの熱海での人質事件が、この作品を書く「重要な心情の発端になったのではないかと考えた」と、後に記している。

社告には、太宰の顔写真と「作者の言葉」、挿絵を担当する恩地孝四郎の写真と連載に向けた意気込みも、一緒に掲載された。「作者の言葉」の中で、太宰は「パンドラの匣」が、「健康道場」と称する結核療養所で病と闘う二十歳の若者から、その親友に宛てた手紙形式の小説であることを明らかにした。「手紙形式の小説は、これまでの新聞小説には前例が少なかったのではなかろうか」「読者も、はじめの四、五回は少し勝手が違ってまごつくかも知れない」と述べている。

小説の題については1回目に書くので言いたいことはもう何もない、はなはだ不愛想な前口上になったとした上で、「こんなぶあいそな挨拶をする男の書く小説が案外面白い事がある」とまとめた。連載への意気込みと作品への強い自信が感じられる。

## 幕ひらく

「パンドラの匣」は太宰の初の新聞小説であるとともに戦後第1作でもある。連載は社告が載った翌々日、10月22日付から始まった。新聞小説を意識したためか、連載4~6回ごとにタイトルが付けられ、テンポよく進んでいく。序章とも言える部分のタイトルは「幕ひらく」。物語の幕開けを意味するだけでなく、戦後の新しい社会がスタートしたことを、希望をもって宣言しているようにも受け止められる。

親友に宛てた手紙のスタイルを存分に生かし、物語は主人公「僕（ひばり）」の独白で、こう始まる。終戦の日の正午、玉音放送を聞いた「僕」は一人で泣き、そのうちすっと体が軽くなり、頭脳が涼しく、透明になったような気がした。「その時から僕は、ちがうおとこになった」。「僕」は喀血（かっけつ）したことを初めて母親に正直に告げ、父親が選んでくれた「健康道場」に入所した。

「あの日以来、僕は何だか、新造の大きい船にでも乗せられているような気持ちだ。この船はいったいどこへ行くのか。それは僕にもわからない。未（いま）だ、まるで夢見心地だ」「船の出帆は、それはどんな性質の出帆であっても、かならず何かしらの幽（かす）かな期待を感じさせるものだ」と述べる。

「パンドラの匣」が開けられたため、「病苦、悲哀、嫉妬、貪欲、猜疑（さいぎ）、陰険、飢餓、憎悪など、あらゆる不吉の虫が這（は）い出し、空を覆ってぶんぶん飛び廻（まわ）り、それ以来、人間は永遠に不幸に悶（もだ）えなけ

「パンドラの匣」の第1回が掲載された1945年10月22日付河北新報と河北新報社が発行した初版本

ればならなくなった」が、「その匣の隅に、けし粒ほどの小さい光る石が残っていて、その石に幽(かす)かに『希望』という字が書かれていた」という話を紹介し、初回は締めくくられる。

「パンドラの匣」は、河北新報と同時に、青森市に本社を置く地方紙「東奥日報」にも掲載された。東奥日報社が戦災に遭って印刷ができなくなり、河北新報社が代行印刷をしていたためだ。東奥日報社の印刷工場が復旧し、10月30日付から印刷を再開したため、東奥日報への連載は第8回で終わった。河北新報への連載は、翌46年1月7日付まで、休刊日などの休載をはさみ、64回にわたって続く。

# 明るさに満ちた展開

## 健康道場の紹介

本編に当たる部分は、「僕」こと主人公のひばり（小柴利助）が入所した健康道場の紹介から始まる。物資不足の中、物資に頼らない独自の結核療養所として発足した。院長を場長と呼び、医者は指導員、看護婦さんは助手、入院患者は塾生と呼ばれる。全員が本名でなく、あだ名で呼び合う決まりになっている。日課は30分とか1時間刻みで細かく決められている。手足と腹筋の運動である「屈伸訓練」、助手たちがブラシで塾生の全身をこする「摩擦」、安静の時間である「自然」、場長や指導員、視察に来た各方面の名士の話を場内のあちこちに設置された拡声器を通して聞く「講話」などを、小刻みに繰り返す。

摩擦は助手の技術の差が大きく、誰が担当するか気になることや、道場のあいさつが「やっとるか」「やっとるぞ」「がんばれよ」「よし来た」であることなどを、底知れぬ明るさとともに紹介する。

同じ部屋や隣の部屋の塾生も個性豊かに描かれる。東京の新聞記者だとうわさされる越後獅子（大月松右衛門）、28歳の左官屋で都々逸が得意のかっぽれ（木下清七）、元郵便局長で35歳のつくし（西脇一夫）、26歳の法科の学生、固パン（須川五郎）ら。助手は塾生たちに一番人気の竹さん（竹中静子）、東京の女学校を中退して道場に来た18歳のマア坊（三浦正子）は笑顔がかわいく、竹さんに劣らぬ人気だ。ほかにも攪乱、ハイチャイ、キントト、孔雀らが登場する。

「ここの助手さんたちは、少し荒っぽいところがあるけれども、本当は気持のやさしい、いいひとばかりのようだ」とひばりは書く。

## 助手たちとの生活

竹さんは「ちっとも美人ではない。丈が五尺二寸くらいで、胸部のゆたかな、そうして色の黒い堂々たる女だ」が、笑い顔に特徴があること、大変働き者だということが人気の原因かもしれないと、ひばりは手紙につづる。マア坊も美人ではないが、ひどくかわいい。「仕事にもあまり精を出さない様子だし、摩擦も下手くそだが、何せピチピチして可愛らしい」と紹介する。

健康道場では、ひばりとこの2人の助手を中心に、次から次へとさまざまな出来事が起こる。竹さんについては冷静に言葉を選びつつ、「僕は、マア坊を、よっぽど好いているらしい」と親友に告げる。若い女性塾生の死に直面したこともあったが、「死は決して、人の気持を萎縮させるものではない」「新しい男は、やっぱり黙って新造の船に身をゆだねて、そうして不思議に明るい船中の生活でも報告しているほうが、気が楽だ」と書いて送る。

「パンドラの匣」は、ひばりと竹さん、マア坊の関係や、揺れ動くそれぞれの心を描いた恋愛小説とも言える。ある日、マア坊はひばりに言う。

「ひばりが来たら、道場が本当に、急にあかるくなったわ。みんなの気持ちも変わってしまった。あんないい子を見たことが無いって、竹さんも言ってた。竹さんはめったに他人の噂なんかしないひとなんだけど、ひばりには夢中なのよ」

「(竹さんだけでなく) みんなそうなのよ。でも塾生たちにいやな噂を立てられて、ひばりに迷惑がかかるような事になるといけないから、みんな気を付けて、ひばりに近寄らないようにしているのよ」

## 新しい自由思想

全編明るさに貫かれているようで、太宰治の戦後社会への疑問が浮かび上がる箇所もある。嵐の夜、自由思想について塾生たちが語り合う場面が象徴的だ。太宰は、固パンにフランスのリベルタンについて、こう言わせている。

「(リベルタンは) 自由思想を謳歌してずいぶんあばれ廻ったものです。十七世紀と言いますから、いまから三百年ほど前の事ですがね」「たいていは無頼漢みたいな生活をしていたのです。(中略) 時の権力に反抗して、弱気を助ける。当時のフランスの詩人なんてのも、たいていそんなものだったのでしょう」

「(自由思想の) 本来の姿は、反抗精神です。破壊思想といってもいいかも知れない。圧政や束縛が取りのぞかれたところにはじめて芽生える思想ではなくて、圧政や束縛のリアクションとしてそれらと同時に発生し闘争すべき性質の思想です」

固パンの説明を受けた形で、太宰は越後獅子に「自由思想の内容は、その時、その時で全く違うものだと言っていい」と語らせ、こう続けさせる。

「日本に於いて今さら昨日の軍閥官僚を攻撃したって、それはもう自由思想ではない。便乗思想である。真の自由思想家なら、いまこそ何を置いても叫ばなければならぬ事がある」

「天皇陛下万歳! この叫びだ。昨日までは古かった。しかし、今日に於いては最も新しい自由思想だ。十年前の自由と、今日の自由とその内容が違うとはこの事だ」

「アメリカは自由の国だと聞いている。必ずや、日本のこの自由の叫びを認めてくれるに違ない」

## 竹さんの結婚

ひばりは、竹さんのことを「ちっとも美人ではない」と書いた。しかし、文通相手の親友が見舞いのため健康道場を訪れたことで、うそをついていたことが暴かれる。竹さんは「凄いほどの美人」だった。その竹さんが、物語の終盤で、健康道場の場長と結婚することが明らかになる。

ひばりは「眼の先が、もやもやして、心臓がコトコト響を立てて躍っているみたいな按配で、あれは、まったく、かなわない気持ちのものだ」というほどショックを受けた。ひばりは親友に告白する。

「僕は白状する。僕は、竹さんを好きなのだ。はじめから好きだったのだ。（中略）竹さんの悪口をたくさん書いたが、あれは決して、君をだますつもりではなく、あんな具合いに書くことに依って僕は、僕の胸の思いを消したかったのだ」

竹さんのことを思うと体が重くなって、翼が委縮し、つまらない男になりそうな気がする。新しい男の面目にかけても、あっさりと気持ちを整理し、無関心になりたかったのだと語る。そして「僕は竹さんに恋していたのだ。古いも新しいもありゃしない」と、心の内を包み隠さ

**コラム** 

### 映画「パンドラの匣」

「パンドラの匣」は2回、映画化されている。1回目は1947年2月に公開。タイトルは「看護婦の日記」で、製作は大映。タイトルは当初「思春期の娘達」だったが、太宰が反対したため改められた。監督は吉村廉。主な配役はひばりが小林桂樹、竹さんが折原啓子、マア坊が関千恵子だった。

　太宰はインタビューに対し、越後獅子役の徳川夢声の演技が重々しすぎると評した。邦画全般について、「重々しすぎる」「軽みは必要だ」と述べたという。

　太宰の生誕100年に当たる2009年には原作と同じ「パンドラの匣」のタイトルで映画化された。冨永昌敬監督、配給は東京テアトル。

　主な配役はひばりが染谷将太、竹さんが川上未映子、マア坊が仲里依紗。

#### 2度にわたって製作

　09年は記念の年とあって、「斜陽」（秋原正俊監督）、「ヴィヨンの妻～桜桃とタンポポ～」（根岸吉太郎監督）、「人間失格」（荒戸源次郎監督）と、主要作品の映画化が相次いだ。同年から翌2010年にかけて公開されている。

ずに示す。

　しかし、ひばりは、自分の失恋を気遣うマア坊の無欲な、透明な美しさをたたえた顔に救われる。「戦争の苦悩を通過した新しい『女らしさ』」を感じたと、親友に詳しく説明する。

「鶯の笹鳴きみたいな美しさだ、とでもいったら君はわかってくれるだろうか。つまり『かるみ』さ」

「かるみ」については、その少し前に、ひばりに語らせる箇所がある。

「君、あたらしい時代は、たしかに来ている。それは羽衣のように軽くて、しかも白砂の上を浅くさらさら走り流れる小川のように清冽なものだ。芭蕉がその晩年に『かるみ』というものを称えて、それを『わび』『さび』『しおり』などのはるか上位に置いたとか」と書いた上で、自分たちはその最上位の心境に到達していると自信を見せる。

さらに「この『かるみ』は、断じて軽薄と違うのである。欲と命を捨てなければ、この心境はわからない。くるしく努力して汗を出し切った後に来る一陣のそよ風だ。（中略）すべてを失い、すべてを捨てた者の平安こそ、その『かるみ』だ」と述べる。新しい時代の生き方として求められているのは「かるみ」なのだと主張する。

「パンドラの匣」は、こんなふうに締めくくられる。

「僕たちの現れるところ、つねにひとりでに明るく華やかになって行ったじゃないか。あとはもう何も言わず、（中略）あたりまえの歩調でまっすぐに歩いて行こう。この道は、どこへ続いているのか。それは、伸びて行く植物の蔓に聞いたほうがよい。蔓は答えるだろう。『私はなんにも知りません。しかし、伸びて行く方向に陽（ひ）が当たるようです』」。最後まで明るさに貫かれている。

本筋からはそれるが、小説の終わり近くで、ひばりが、身の回りのものを届けにきた母親をバス停まで送っていくため、久しぶりに外出する場面がある。途中で、ひばりの脇を大きなトラックが突然走り抜けた。ひばりは驚き、「わあっ！」と大声を上げる。

「大きいね。トラックが大きいね」と、ひばりの口調をまねてからかう母親に、ひばりは「大きくはないけど、強いんだ。すごい馬力だ。たしかに十万馬力くらいだった」と言う。母親は「さては、いまのは原子トラックかな？」とはしゃいだ。

このくだりを読んで、漫画家手塚治虫の代表作の一つ「鉄腕アトム」を思い浮かべる人は多いだろう。アトムが初めて登場したのは１９５１年だ。手塚も「パンドラの匣」を読んだのかもしれない。

# 戦後社会への失望

## 「あれ以上続かない」

河北新報社出版局次長の村上辰雄宛てに、太宰治から「パンドラの匣」の3回目の送稿があったのは、１９４５（昭和20）年11月9日。41回目から64回目までの24回分で、こんな添え書きがあった。

「大へん疲れてしまいました。この六十四回で完結させていただきました。あとは、どうしても続きません。新年から、また他のひとにはじめていただくと、順序がよろしくないでしょうか」

64回分の原稿量は、原稿用紙２００枚を少し超える。金木町を訪れた村上と太宰の間で「三百枚書き下ろしだよ」「いや、二百枚というところかな」という会話があったことは先に紹介した。その後のやり取りの記録は残っていないが、太宰は、もう少し長く書くつもりだったようだ。

太宰は11月23日付の井伏鱒二宛ての書簡で、「新聞小説はじめてみたら、思いのほか面白く無く、１２０回の約束でしたが、60回でやめるつもりです」と書いている。１２０回というのは誇張表現だろう。この手紙では、雑誌からの注文もいろいろあるのに応じきれないとも書いており、今の自分は仕事を選べる状況にあることを、井伏に伝えたかったのかもしれない。

しかし、わずか一カ月半前に、「(新聞小説は)たのしみながら書いて行こうと思っています。どんな事を書いてもかまわないそうですから、気が楽です」と連絡した師に、太宰は苦しい報告をせざるを得なかった。何らかの挫折感を味わったのではないか。

64回での完結を了承した村上に、太宰は感謝の意を伝えるとともに、苦しい心情を吐露する手紙を、11月21日付で書いた。

「おたより拝誦し、小説六十四回でお

「パンドラの匣」の連載を64回で終了することを了承してもらったことへの謝意を伝える太宰治の村上辰雄宛ての手紙(1945年11月21日付)と、印税について依頼するはがき、電報しまいにした事、御了承下さってありがとう存じます。どうしても、あれはあれ以上つづかないのです。こんど、いつかお逢いした時に、私の苦心談なるものなどお話いたしましょう。あれでもう精一ぱいのところでした」

この手紙は、村上の次男の佑二さん（東京都世田谷区）が、1998年11月に筆者に送ってくれたことによって、存在が明らかになったものだ。新たな書簡発見の記事を、同月23日付の河北新報に掲載した。

筆者は、これに先駆け、太宰が46年1月14日付で村上に出した、時代の苦しさなどを訴える手紙が、仙台市内に残されていることを突き止め、98年11月8日付の河北新報で紹介した。この記事を読んだ佑二さんが、父親の遺品をあらためて点検して見つけたという。

佑二さんは、「パンドラの匣」の印税の扱いを指示する電報（1946年6月21日付）と、印税は新円にしてほしいと依頼するはがき（同年8月20日付）もこの時に見つけ、合わせて送ってくれた。

## 希望は一転、失望へ

45年11月21日付の村上宛ての手紙が書かれたのは、「パンドラの匣」の原稿を送り終わってから10日以上たつとはいえ、連載はちょうど半ばに差し掛かろうとしていた時期だ。稿料を全て受け取り、受領書を同封したことや、挿絵についての画家への言付けがあることも記している。先に「竹さんの顔」をしばらく描かないでほしいと画家に頼んだ狙いを、初めて明かした。

「(恩地孝四郎)画伯には、あなたからどうかよろしく御鳳声(ほうせい)ねがいます。『竹さんの顔』は、竹さんが本当は凄(すご)い美人なんだというのを少年が白状するあたり、あのへんで精一ぱい美しい顔をおかきになったら、効果があると思っていたのです。そのように御伝え下さいまし」と書いている。

46年1月14日付の村上宛ての手紙の内容も一部紹介しておく。初めに2千円を確かに受領したことを伝え、「旅は道づれ世は情、とつくづく感じいりました。からおせじではございませ

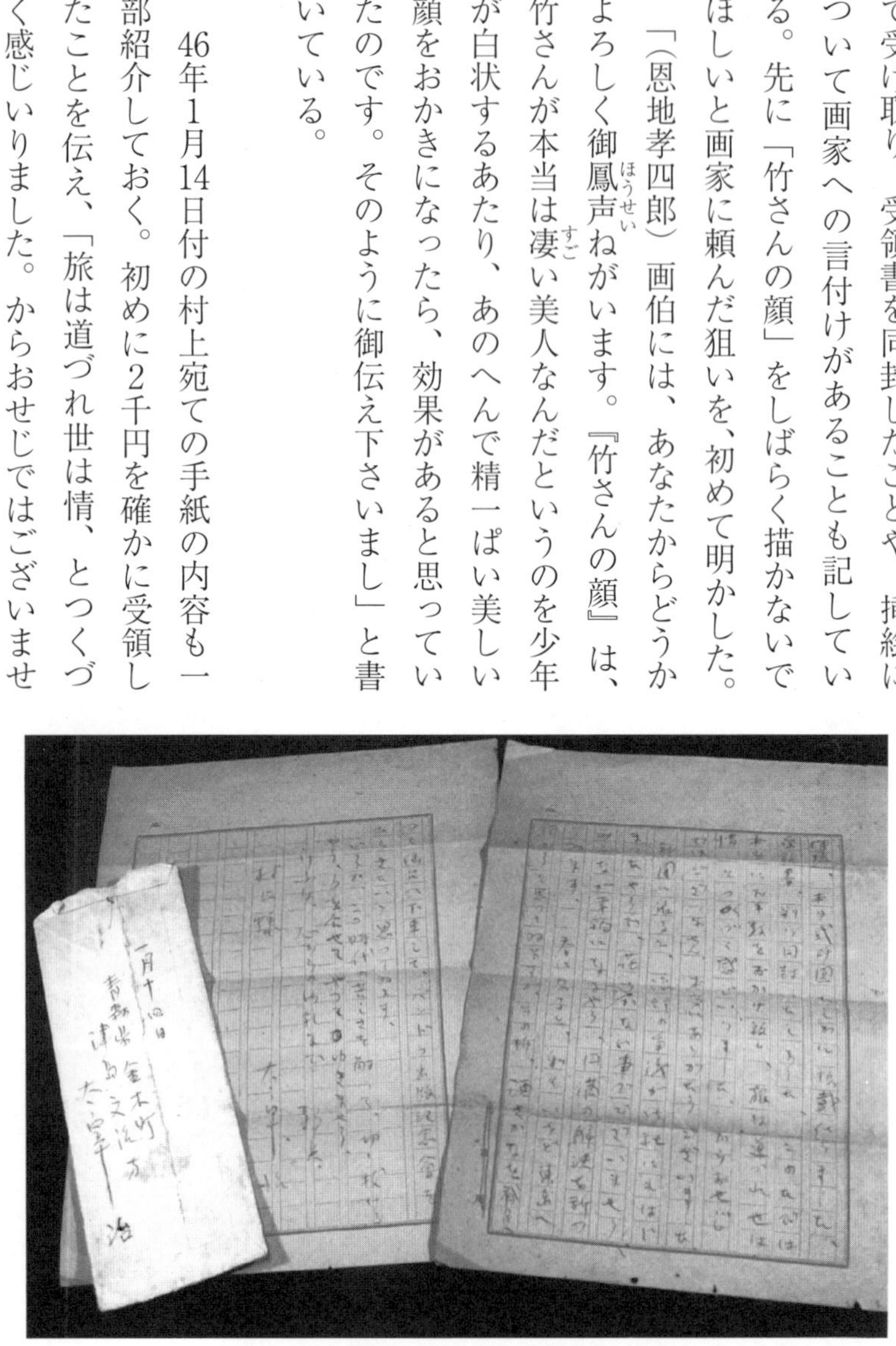
一月十四日
青森県金木町
津島文治方
太宰治

太宰治が時代の苦しさを吐露した村上辰雄宛ての手紙(46年1月14日付)

ん」と、独特の言い回しで感謝している。「流行の争議」が河北新報社でも始まったことにも触れた。「みんなが幸福になるよう、円満の解決を祈っています」と気遣い、「この時代の苦しさを耐えて、切り抜けるよう、力を合せてやってゆきましょう」と結んでいる。

前年の９月末、「何しろ終戦だろう。僕は改めて希望というものを感じている」と、金木町を訪れた村上に上機嫌で語ったことを思うと、太宰の心情が大きく変化したことが分かる。

２通の手紙からは、希望をテーマにした「パンドラの匣」を書くことが困難になっていった状況が、生々しく浮かび上がってくる。「パンドラの匣」のすぐ後に書かれた作品群と同様、太宰の戦後社会へのとまどい、時代認識の変化を感じ取ることができるだろう。

太宰は、戦後に大きな希望を抱いたものの、やがて、人間、社会の本質は、戦前と何も変わっていないことを思い知らされる。軍国主義をそのまま裏返しただけの民主主義や、便乗思想が幅を利かせる「現実」への失望感を強めていったのだ。

## 「パンドラの匣」出版

太宰から「パンドラの匣」全64回の原稿が届いたことで、村上辰雄は「あとは連載後の出版計画だけが残された」と回想記に記した。（「東北文学」１９４８年８月号）

太宰は１９４５年11月21日付の村上宛ての手紙で、出版について、こんな提案をしている。

「実は他からも申込みがあるのですが、ザックバランに申し上げますと、初版一万五千にしていただけないでしょうか。思い切ってやってごらんなさい、大丈夫売切(うりきれ)ます。長編は短編集より、ずっと売れるのが出版常識のようです」

「私の気がかりは、せっかく売れるものを部数を少くしては何もならないというだけです。再販などの準備もしていただいて、仙台の出版もたのもしいという印象を一般作家にも与えるようにするといいと思いますが、如何でしょう。まあ一つふんぱつ、するんですね」

「他からも申し込みがある」というのは事実だった。太宰はその後、東京の出版社の社員宛てに、「パンドラの匣」は河北新報から出ることが決まってしまったので、新しい、自信のある作品を用意する、という内容の手紙を出している。


「パンドラの匣」は、１９４６年6月5日に河北新報社から発行された。初版は６０００部。定価15円だった。配給元は日本出版配給統制株式会社（東京都神田区）。新聞連載の挿絵(さしえ)を担当した版画家の恩地孝四郎が装丁を手掛けた。跋文(ばつぶん)を村上辰雄が書いている。

「この作品からは、なるほど、みずみずしい清冽(せいれつ)の爽音をあるだけ聞きとれるが、楚々(そそ)というべく余りにも滔々(とうとう)としており、想(おも)い過ごすべく余りにも身に付いて来る」「河北新報紙上への連載で好評を得、今また計画通り一本に纏(まと)めあげる歓びに浸るという果報である。何よりも、この異色ある作者のお蔭（かげ）であり、東北の焼跡から出版された最初の純文学書であることを大いに記念し誇りとしたい」

「パンドラの匣」出版後の事務的手続きに関する村上と太宰のやり取りの様子は、先に紹介

**コラム**

## 太宰治の読書

「太宰治は蔵書家ではなかった。三鷹の家には、床の間に、小さな本箱と林檎（りんご）箱に紙張りをしてカーテンをつけたのとがあるだけであった」。太宰のまな弟子で、太宰が疎開中、東京・三鷹の自宅の留守番を務めた作家の小山清は、こう証言している。それでも本はよく読み、友人の亀井勝一郎から森鷗外全集や泉鏡花全集などを借りていた。亀井の蔵書には随分恩恵を受けたらしい。

小山は太宰が好んだ作品も紹介している。鏡花では短編「玄武朱雀」、鷗外では短編「普請中」「百物語」。芥川龍之介は特にひいきにしていて、「春の夜」「或阿呆の一生」などを好んだ。樋口一葉は「大つごもり」、梶井基次郎は「城のある町にて」「交尾」。永井荷風の「つゆのあとさき」、岡本かの子の「生々流転」なども挙げた。

### 友人の蔵書読み込む

太宰が晩年、机の近くに置いていたのは「伊藤左千夫歌集」「上田敏訳詩集」「レールモントフ詩集」やオマル・ハイヤームの四行詩集「ルバイヤット」だという。「ルバイヤット」の一部は「人間失格」に用いられた。

した電報やはがきにより、明らかになっている。電報（6月21日付）には「インゼイソノヨウニタノム／オイデマツ　オイデノヒヲ　デンニテシラセヨ／ダ」とある。

8月20日付のはがきには「パンドラの印税そろそろ如何でしょうか、新円でタノミマス、今月末頃迄（まで）に如何でしょう、お金の事はどうも言いにくくて、一そう汗が出ます、青森銀行金木支店ですが、郵便為替の場合は為替料は印税から差引いて下さい」とある。

村上は同年秋に再び、金木町に太宰を訪ねている。「この年も、私は前年と同じ頃に、二度目の金木へ出かけて行って、彼とふたりで『津軽富士』を眺めながら、出版を記念するささやかな祝杯をあげた」と、回想記に書いている。

余談だが、太宰治生誕100年の2009年に、河北新報出版センターは「パンドラの匣」初版の復刻本を発行している。初版本を画像処理し、本文の濃淡、インクなどの汚れもそのまま生かして復刻した。装丁、仮名遣いなども、もちろん当時のままだ。8月2日に発行、1カ月後に増刷し、合わせて1万部を刷っている。

# 作品の評価

## 戦時下と敗戦後

同時代の批評としては、増田四郎が「東北文学」1947年1月号に書いた書評が、まず注目される。

「病苦、悲哀、嫉妬、貪欲、猜疑、陰険、飢餓、憎悪などの諸々の妖魔（小説中の人物の皮膚の下にこれらは秘められてある）が、敗戦という匣の蓋があき地に満ちた、その敗戦後の現実の中をパンドラの匣の中に残された一粒の石『希望』を懐いて新しく生きていこうとする若い人の行程がこの小説である」と指摘した。その上で、「この小説の中には『死』もあり、『パンドラの匣』から出た妖魔も跳梁するが、なお主題として大きく脈うっているものは『生き方』の探求なのである」と述べている。

増田は「太宰治は、いつの時代でも反逆者であった」と前置きして、作品中で太宰が便乗思想を批判し、「天皇陛下万歳」こそ新しい自由思想だと越後獅子に語らせた箇所にも触れる。

「流行の天皇制批判に対する諷刺の一矢と見るか、それとも太宰治が蒙った戦争の影響、内在精神と見るか、その何れにせよ、人はここにも彼の思考のいったんを探ることができる」と受け止めた。

全体的に「読者に阿ったところが見えず、新聞小説としては調子の高いものである」と評価しつつ、小説の終え方については疑問を投げ掛けている。

「主題の発展が種々の『問題』を提出したことで終わっている」として、結びの「私はなんにも知りません。しかし、伸びて行く方向に陽が当たるようです」を引用。「伸びて行く『方向』を知りたいとは思わないか」と述べた。

## 書き直しの課題

これに対して、結びは、作品が意図した方向性をよく示しているとするのは文芸評論家の奥野健男だ。
「『パンドラの匣』は太宰文学には珍しく、向日的で明るく、希望にみちた肯定的小説である。太宰は敗戦直後、全くの新しい現実、全き人間革命を夢想せずにはいられなかった。『私はなんにも知りません。しかし、伸びて行く方向に陽が当たるようです』と植物の蔓にこたえさせているように楽天的であろうとした」と述べた。（新潮文庫「パンドラの匣」解説）
奥野は「雲雀の声」を「パンドラの匣」に書き直したことに伴うさまざまな問題点にも言及している。戦時中と、敗戦後とでは価値観も人の心も、生活態度や雰囲気も、社会のありさまも、すっかり変わった。一方、木村庄助の日記の「雲雀の声」「パンドラの匣」に関係する部分は1941（昭和16）年の後半に書かれ、43年7月に太宰の手元に届いた。「雲雀の声」は戦時中に書き上げられた。「パンドラの匣」は、終戦の場面から書き始められている。

「戦争の激しい昭和十八年に、その時代の中に生きる人々を描いた小説を、敗戦後の時代の中に生きる人々を描いた小説として、書きなおせるか、そこに『パンドラの匣』の微妙かつ重要な問題があり、また小説という芸術が、時代のアクチュアリティと、普遍の人間性との、どちらに本質があるのか、どちらに比重がかけられているのかという問いを、図らずも、『パンドラの匣』は投げかけているように思える」

奥野は書簡体という形式を取ったことで、20歳前後の少年から青年への不安定で純粋な心情を鮮やかに表現し得たことを指摘。同時に、書簡体の平板さを避けるため、太宰があらゆる手練手管を用いていることも評価している。

「書簡体故（ゆえ）に許される主観的な、しかも友人を驚かし、だまそうとするうそなども利用している。読者はまんまと手紙の作者にだまされる。手紙と実際のイメージの修正に奔走させられる」

一方で、そうした手法が、作品の問題点にもつながったことを併せて指摘する。

『パンドラの匣』は敗戦直後の太宰の心境を知る貴重な小説であるが、一面二十歳という主人公の書簡体にしたこと、材料が戦争下のものであるため、十分に太宰の複雑な心情を表現し得なかったうらみがある」

奥野はこう結論付ける。

「大きな野心をもって書き出した小説であるが、書き進むにつれて次第にむなしいつまらない気持ちになり、連載をはや目にきりあげ完結させる。つまり太宰が考えた新現実、真の人間革命と違う方向に戦後の日本は進んで行く。太宰は『パンドラの匣』を最後として希望にあふれる向日的小説を二度と書かず、戦後の現実に絶望的な反逆を経て、破滅への道をまっしぐらに進んで行くのだ」

## ▍明るさの背景

「パンドラの匣」の「一種奇妙な明るさ」はどこからきたのかについて、文芸評論家で青山学院大名誉教授の饗庭孝男さんは四つの理由を挙げている。(「太宰治論」)

第一に、素材となった日記の提供者、木村庄助との関係が1940(昭和15)年に始まったこと。太宰中期の優れた短編「女の決闘」や「走れメロス」「駈込み訴え」が生まれた時期で、生活が安定し、生に対する意志の肯定が前面に出ていたことを指摘する。心の状態が木村との関係にも働いたという。

第二に「雲雀の声」を書き始めた43年は「正義と微笑」を書いた年で、同じ他者の日記を借りたこの作品には生の肯定的要素が極めて強いことを挙げる。同じ心の状態が「雲雀の声」に反映したとみる。第三に、太宰が遺族に伝えた「故人の遺志に添いたい」と言葉から、生を肯定する態度を作中に示すという判断を太宰が持っていたと考えられること。第四は、太宰が戦後の現実に何らかの希望を持っていたことと無縁でないとする。

一方で、ひばりに「死と隣合せに生活している人には、生死の問題よりも、一輪の花の微笑が身に沁みる」と語らせるあたりに、「明るさと平明さをよそおった太宰の心底にただよう『死』に対する関心の深さを物語っている」とも述べる。

太宰の「生の肯定が、戦時下における高揚したナショナリズムによって強められる時、不思議に明るい雰囲気をかもし出した」「(ひばりの)死の予感の暗さをおおい、平明な死生観をこの作品にみなぎらせたということは推察可能」だと指摘。作品の形成途中の改変と戦争の体験が幾通りもの「明るさ」を生んだことが、「作品を統一体として見ることをむつかしくした」「戦後の思想がわりの軽さに対する太宰の批判が、一個人の生と死の間の内部をみつめたたたかいの過程に一種奇妙な印象をもたらした」という。

戦後の便乗思想に対して「天皇陛下万歳」と叫びたいという太宰のアイロニーについては、「この作品が、出発当初の目論見とは、はるかに隔たったところにあることを示している」「(死に向かっての生の闘いを描こうとした)当初の意図は、閑却視しえない戦後の便乗思想への批判によって別の方向にむかって流れていった」とみる。

## キリスト教との関係

「パンドラの匣」をキリスト教的視点から捉え直したことで最近注目されたのが、香川高等専門学校教授の長原しのぶさんの「『パンドラの匣』論」(「太宰治と戦争」収録)だ。「自由思想」など新しい思想の議論が繰り広げられる「固パン」「花宵先生」の章で、越後獅子(花宵先生)が「自由思想家の本家本元は、キリスト」と語るなど、キリスト教や聖句が利用されていることから、作品の本質的な部分にキリスト教的な要素が関わっていると主張した。

さらに、マタイ伝の二つの聖句「思い煩うな、空飛ぶ鳥を見よ、播かず、刈らず、蔵に収めず」「狐には穴あり、鳥には巣あり、されど人の子には枕するところ無し」が、いずれも自由思想と結び付けて引用されていることを指摘。太宰のキリスト教理解に大きな影響を与えた山岸外史の「人間キリスト記」との接点にも注目する。その上で、「既成の枠組みから解き放たれた人間本来の心のあり方、何かを信じて唯ひたすらに進む〈生〉そのものにこそ注目しようという方向性が『パンドラの匣』には描かれている」「その〈生〉を支えるものとしてキリスト教、神という人間の力を越えた大きな働きが見据えられている」と述べる。

「花宵先生」の章で、ひばりが「尊いお方に僕たちの命はすでにおあずけしてあるのだし、僕たちは御言いつけのままに軽くどこへでも跳んで行く覚悟はちゃんと出来ていて」と語る部分も、キリスト教と結び付けて捉える。「尊いお方」は終戦という時間軸においては天皇との解釈もできるが、木村庄助の日記との関連性から開戦、戦中、終戦という連続した時間軸で考えると、キリスト教的な神の存在が立ち上がるとみる。

「『あたらしい男』として『天意の船』に命を委ねて進んでいく最後の場面ではキリスト教、神を背景に、ひばりの〈生〉のあり方そのものが示されていく」と説いた。

## 改訂の苦しみ

「パンドラの匣」は、双英書房（東京）が1947年6月25日に改訂版を発行している。河北新報社が初刊本を出してから1年ちょっと後のことだ。大幅に内容に手を加えているが、この改訂は双英書房版だけにとどまっている。次に別の出版社が発行した時は、元に戻った。改訂が行われたのには、特殊な事情があった。この章の締めくくりとして、改定問題に触れてみたい。

　太宰は自ら記した改訂版の「あとがき」で、河北新報の好意ある了承のもとに双英書房に再販を委ねたとし、初めて出版物を出す同社への激励の気持ちをにじませている。この改訂版は、太宰にとって、おそらく強い苦しみを伴うものだった。

　改訂の基になった、太宰が書き込みをした河北新報の初刊本が残っている。双英書房の創立者の遺族が２００９年、甲府市の山梨県立文学館で開かれた「太宰治展　生誕１００年」に出品した。太宰が書き込みをした背景や経緯が、東京大教授の安藤宏さんのその後の研究で明らかにされている。（「資料と研究第15輯」、山梨県立文学館、２０１０年）

　安藤さんによると、双英書房版は、河北新報社の初刊本と比べると、61カ所の変更点がある。うち20カ所は、ほとんど太宰の書き込み通りに改訂された。残りの41カ所の大半は、句読点、送り仮名、漢字表記、改行などの細かい直しとなっている。最大の変更点は、天皇に関する記述を大幅に削ったことだ。

　中でも、「パンドラの匣」の核心でもある、自由思想に関する越後獅子の発言が全面的に書き直されたことは、大きな問題を投げ掛ける。河北新報の初刊本では「固パンの巻」５に当たる箇所だ。

「日本に於(お)いて今さら昨日の軍閥官僚を攻撃したって、それはもう自由思想ではない。便乗思想である。真の自由思想家なら、いまこそ何を置いても叫ばなければならない事がある」「天皇陛下万歳！ この叫びだ。昨日までは古かった。しかし、今日に於いては最も新しい自由思想だ。（中略）いまこそ二重橋の前に立って、天皇陛下万歳！を叫びたい」。この部分は、双

コラム

## 阿佐ヶ谷将棋会

太宰治は将棋を好んだ。1933年に東京都杉並区天沼に引っ越してからは、中央線沿線に住む作家らで構成する「阿佐ケ谷将棋会」に熱心に参加していた。

メンバーは師の作家井伏鱒二や作家・詩人の木山捷平、文芸評論家の亀井勝一郎、作家の上林暁や小田嶽夫、歌人で31～41年に河北新報「河北歌壇」の選者を務めた安成二郎ら。同会については井伏や木山、上林が書き残している。激動の時代、将棋に興じる一方、二次会で酒を飲み、議論を交わすことで、ストレスを発散していた。

太宰は勝敗をあまり気にしなかったようで、腕前はいま一つ。「太宰と亀井がいる限り、びりにはならない」と言われていたらしい。それ

### 下手でも熱心に参加

でも徐々に腕を上げたのか、39年12月の会では、参加した7人中4位だったという。

戦時中はメンバーの多くが徴用や疎開で東京を離れたため、会は下火になっていく。戦後に再開されたものの、その頃井伏らと徐々に疎遠になっていった太宰が参加することはなかった。

英書房版では、次のようにそっくり書き換えられた。

「日本は完全に敗北した。そうして、既に昨日の日本ではない。実に、全く、新しい国が、いま興りつつある。日本の歴史をたずねても、何一つ先例の無かった現実が、いま眼前に展開している。いままでの、古い思想では、とても、とても」

安藤さんは「天皇陛下万歳」発言の削除は「戦後の太宰治文学を考える上で、決定的な意味を持つ。（中略）太宰の『戦後』そのものの根本的な否定につながりかねない要素を含んでいた」と述べる。

他の箇所では、初刊本の「花宵先生の巻」2の「尊いお方に僕たちの命はすでにおあずけしてあるのだし僕たちの御言いつけのまま軽くどこへでも飛んで行く覚悟はちゃんと出来ていて、もう論じ合う事柄も何もない筈（はず）なのに、それでも」をほとんど削除して「わけもなく妙に」に直し、同6の「命をおあずけ申しているのです。身軽なものです」を削除した。

「口紅の巻」1の「仄聞（そくぶん）するに、アメリカ進駐軍も、口紅毒々しき婦人を以てプロステチュウトと誤断すという、まさに、さもあるべし」も削除している。他にも進駐軍関係や、主人公で語り手のひばりの心情告白の箇所などを削除、手直ししている箇所が目につく。

安藤さんは「重要なのは、これが内在的な改変ではなく、外から強いられたものであった可能性がある」ことだと指摘する。

## GHQの検閲

自筆書き込み本の表紙には、GHQ（連合国軍総司令部）の1947年4月の検閲の痕跡があった。検閲は、改訂版発行の2カ月前に行われた。

「双英書房版の出版にあたってまず河北新報社の刊本がGHQに提出され、太宰が書き込んだのは、その部分削除指定を受けた後の書き込み案だったのだろう」と安藤さんは見る。

連合国軍占領下の日本で検閲目的で集められた出版物を所蔵するコレクション「プランゲ文庫」（米国メリーランド大図書館のホーンベイク図書館北館）に、「パンドラの匣」初刊本がある。先に紹介した「天皇陛下万歳発言」など削除、手直しされた4カ所は、いずれも同文庫収蔵本で、部分削除の指定（マジックによる抹消跡）があることが、調査の結果、明らかになった。

「パンドラの匣」は、「天意の船」に導かれて「あたらしい男」となったひばりが、戦後に便乗思想を乗り越え、「かるみ」に生きる覚悟を示す。

安藤さんは、天意の船、終戦の詔勅こそが全ての立脚点であり、それがなし崩しになってしまった以上、「この改訂の時点で『パンドラの匣』の作品論理は破綻を見た」と断定する。「自己否定を次々にせまられ、翻弄されていく作者の心中はいかばかりのものであっただろうか」と、太宰の当時の心情を思いやる。

現在は当初の形で読み継がれる「パンドラの匣」だが、太宰が生前、最後に手にしたのは、双英書房の改訂版だった。割り切れなさや強い後悔の念がなかったはずはない。この「挫折」は、その後の太宰文学の在り方にも影響したかもしれない。

河北新報社が「パンドラの匣」の再販を取りやめた理由を伝える資料は、残っていない。だが、太宰が「改訂版」の「あとがき」で、河北新報社の「好意ある了承のもとに」再販を他社に託したと書いていることや、再販までの経緯を見ると、ＧＨＱの検閲が、再販を取りやめた背景の一つだったと考えても、不自然ではないように思える。

# 第3章　「東北文学」と弟子たち

## ❖「髭候の大尽」

### ■「月刊東北」に寄稿

太宰治の作品が、他の地域に先駆けて仙台と東北の読者に届けられたのは、「新釈諸国噺（ばなし）」の「女賊」が初めてだった。「月刊東北」の1944年11月号に掲載されている。掲載時のタイトルは「仙台伝奇　髭候（ひげそうろう）の大尽」だった。

この章では「東北文学」と太宰や弟子たちとの関係を中心に取り上げるが、「月刊東北」の文芸欄は、後の「東北文学」創刊につながっていくと見ても差し支えないだろう。月刊東北に太宰が寄稿したいきさつを示す資料は残っていない。だが、「髭候の大尽」は「仙台名取川上流、笹谷峠付近」を舞台とする作品だ。太宰が東北の雑誌を掲載先に選んだことは十分想像できる。

作品が書かれた1944年は、太平洋戦争の真っただ中だ。他の作家の作品が減る中、太宰は非常に意欲的に仕事をこなしていた。5月から6月にかけて小説「津軽」執筆に向けた取材旅行を実施。魯迅の研究にも取り組むなど、「惜別」執筆に向けた準備も始めていた。先に紹介したように、12月には魯迅関係の取材のため、仙台を訪れている。この間、「津軽」や「新釈諸国噺」などの執筆を進めた。

　太宰のまな弟子で作家の小山清は「この時期、日本の作家の中で、太宰ほどの仕事をした人は一人もいなかった。B29空襲下の寒々とした図書館の新刊書の欄には、太宰治の著書があるだけだった」と書いている。(「太宰治全集」第6巻月報、筑摩書房、1958年)

## 文芸にも目配り

「月刊東北」は河北新報社が発行した総合誌だ。1944(昭和19)年9月に創刊され、45年12月号まで続いた。創刊号には、陸軍報道部員陸軍少佐橋本選次郎の「敵反攻の実相把握せよ」、東北地方行政協議会長丸山鶴吉(宮城県知事)の「思想戦に備えよ」、特集「戦力唸(うな)る東北の山々―炭も兵器だ!」、丸山鶴吉知事らの鼎談(ていだん)「疎開学童を迎えて―集団教育を語る」などを掲載している。創刊の目的の一つに戦意高揚があったのは明らかだ。

　しかし、創刊の辞は、「一億一心たるべし。(中略)国民が精神において、行動においてばらばらになっていいはずはない」としつつ、「その心の現れ方がことごとく同じ形ならざるべからずと早合点することは少なからず危険である」と指摘している。

　国の在り方を合唱に例え、指導者である指揮者の役割は、「個々の声を、個性を抹殺することではない、目的に従ってよき統制をおこなうことにある」「いい指揮者の下では、唱歌者は百人の合唱の中にあって自分の声を楽しんで歌うことが出来るはずである」と述べた。「一億の合唱指揮者たる総理大臣も、みな此のこころで、各人が胸を張って楽しくおおらかにうたえるように指揮してもらいたいものである」と結んでいる。

時代的な制約がある中、国民それぞれの個性の重視をうたっていることは注目すべきだろう。発行者の強い気概を感じさせる。

一方、創刊号から文芸関係にもページを割いている。宮城県築館町（現栗原市）出身の詩人白鳥省吾（せいご）の詩「郷土の雄心に寄す」は時局を反映したものだが、東北文芸の欄も設け、短歌、俳句の投稿を呼び掛けた。

山形市出身のアララギ派歌人、結城哀草果が「時代と短歌」、大正・昭和期の女性俳人の先駆けの一人、阿部みどり女が「心のゆとりを」と題した「選者の言葉」を述べている。2人は当時、それぞれ河北新報の「河北歌壇」「河北俳壇」の選者を務めていた。「月刊東北」は、翌10月号から読者の投稿作品を掲載している。

太宰の「髭候の大尽」が同誌に寄せられたのは、創刊から2カ月後だった。仙台を拠点に活動した洋画家の渡辺丙午が、挿絵を描いている。

## 「新釈諸国噺」

「髭候の大尽」は「女賊」と改題し、太宰の「新釈諸国噺（ばなし）」に収められた。「新釈諸国噺」は「貧の意地」「裸川」「人魚の海」「義理」「吉野山」など12編から成る。原作はいずれも井原西鶴だ。冒頭の「凡例」で太宰が述べているように、西鶴の全著作の中から気に入りの小品を選び、それにまつわる自分の空想を自由に書きつづった。「女賊」など5編は１９４４年１～11月に雑誌に別々に発表し、残り7編は書き下ろした。単行本「新釈諸国噺」は、45年1月に生活社から刊行されている。

妻の津島美知子さんによると、太宰がよりどころとしたのは「日本古典全集」の「西鶴全集」（全11巻、１９２６～28年、日本古典全集刊行会）だ。編纂（へんさん）、校閲は与謝野寛、晶子夫妻と正宗敦夫で、西鶴の著作の原板を底本とし、原板初摺（しょずり）の体裁を伝えることなどを目的とした。太宰が「この『西鶴全集』から受けた恩恵、この良書を選んだ幸運は大きかったと思う」と、津島さんは記している。（「回想の太宰治」）

凡例で太宰は、西鶴を世界一の作家だとし、自分と比較している。

「私は所詮（しょせん）、東北生まれの作家である。西鶴ではなくて、東鶴北亀（ほっき）のおもむきのあるのは、まぬかれない。しかもこの東鶴あるいは北亀は、西鶴にくらべて甚だ青臭い。年齢というものは、どうにも仕様の無いものらしい」

執筆当時、太宰は34～35歳だった。素材になった西鶴の作品が刊行されたのは、「新釈諸国噺」の目次によると西鶴が43～52歳の時だ（目次は数え年で書いているので実際より1歳上になっている）。12作のうち、「吉野山」だけは、西鶴の没後に刊行されている。

東北生まれであること、青臭いことを卑下してみせたものの、「世界一」の作家との違いは主に年齢の差だと述べているのも同然だ。「原文は、四百字詰の原稿用紙で二、三枚ぐらいの小品であるが、私が書くとその十倍の二、三十枚になるのである」とも書いている。

凡例では「わたくしのさいかく、とても振仮名を附けたい気持で、新釈諸国噺という題にした」「西鶴の現代訳というようなものでは決してない」とも述べた。西鶴への敬愛の念と、作家としての自負、作品への強い自信が感じ取れる。

「髭候の大尽」（後の「女賊」）が掲載された「月刊東北」1944年11月号と、「たずねびと」が掲載された「東北文学」1946年11月号

津島美知子さんが「自由奔放に太宰流を発揮している」と述べているように、必ずしも西鶴の1作から「新釈―」の1作を生み出したわけではない。例えば、「吉野山」は「万の文反古」の「桜の吉野山難儀の冬」に加えて、同じ「万の文反古」にある「人の知らぬ祖母の埋み金」を基にしている。さらに源実朝の和歌〈嘆きわび世をそむくべき方知らず、吉野の奥も住み憂しと言へり〉を引用するなど、自在に、太宰ならではの物語を作り上げている。

## 「女賊」とその舞台

「女賊」こと「髭候の大尽」は、西鶴の「新可笑記」巻5の「腹からの女追剥」を素材にしている。舞台は「仙台名取川の上流、笹谷峠の付近」であるとし、物語は以下のように展開する。少し長くなるが、はじめに粗筋を紹介しておこう。

「瀬越の何がし」という山賊は、旅人をあやめて金銀荷物を奪うものの、無駄遣いは一切慎み、底知れぬ大長者となった。紬の着物に紋付きの羽織を着て、「何々にて候」などと話す。酒は飲むものの女は眼中になく、手下が里から女をさらってくると、「いやしき女にたわむれるは男子の恥辱に候」と言い、女を里に返させる。「仙台には美人が少なく候」とつぶやき、ため息をついていた。

ある年の春、容貌の整った手下5人を連れて京に上る。最上等の宿に泊り、ため込んだ金銀を惜しげもなくまきちらして豪遊する。都でも評判となり、髭そうろうの大尽と呼ばれるようになった。手下を連れて都大地を歩き回るうちに、土塀が崩れかかった大きな古い家の中に美しい若い娘がいるのを見つけた。「シばらスい」と、東北なまり丸出しでつぶやく。翌日、手下におびただしい金銀財宝を持参させ、家の老主人に、お姫様をぜひともらいうけたいと申し込んだ。

主人は公家の血筋をひく人で昔は羽振りが良かったが、名誉欲が強く、出世のため金を使い過ぎて没落した。もらった金銀財宝をしげしげと眺め、これで再び立身出世を働き掛けられると喜び、縁談を受け入れる。「女三界に家なし」「お前のために立派なむこを見つけたのだ」と父親に諭され、17歳の娘は泣く泣く仙台へ向かう。

娘は夫が山賊と知り驚いたものの、やがて夫の憎むべき所業が勇ましく、頼もしく思われてくる。手下たちのむごい手柄話を聞いては目を細め、平気で夫の悪事を手伝う、あさましい女盗賊に成り下がった。やがて二人の女の子、春枝とお夏が生まれる。二人は母が京の公家の血をひくことなど知らず、母親は娘たちに、なぎなたなどで旅人をあやめる稽古をさせた。

ここまでが前半で、この後、物語は急展開し、佳境に入っていく。

## 山賊姉妹の女心

春枝が18歳、お夏が16歳の冬に、父の山賊に天罰が下る。雪崩の下敷きになってむごたらしい死に方をした。母子が嘆く中、手下たちは親分がためこんだ金銀財宝や食料をことごとく持ち去り、母子は雪深い山中で、たちまち暮らしに窮することになった。

姉妹は山賊を続ける以外に道はないと考える。山男の身なりで、鍋炭で口ひげなどを描いて「仕事」に出掛け、町人や里人の弱そうな者を探し出しては襲う。金はもとより、にぎりめし、鼻紙からつまようじに至るまで奪い取った。次第にいまわしい仕事にも励みが出てきて、雪の峠をたまに通る旅人だけでは獲物が少なくてつまらないと、大胆にも里近くまで出掛けるようになった。

ある日、里近くで旅の絹商人を脅して得た白絹二反を一反ずつ分けて帰る途中、姉は考える。正月も近づいたし、晴れ着が一枚欲しい。女の子はたまにきれいに着飾らなければ生きているかいがない。白絹を染めて初春の着物を仕立てたいが裏地がない。妹に分けてやった白絹が欲しい。譲らないという妹に対し、山賊の父から受け継いだ凶悪の血がある思いを呼び起こす。妹を殺して絹を奪い、何としても晴れ着を作るのだ、母親には、手ごわい旅人に殺されたと伝えればよい…。

刀のつかに手を掛けたその時、妹が姉にしがみつき言う。「姉さん！　こわい！」。谷底にある里人の墓地では火葬の最中で、人を焼く音、匂いがする。さすがの女賊たちも全身鳥肌が立ち、固く抱き合った。姉は人の世の無常を感じ、わが心の恐ろしさに身震いする。反物を谷底の煙目掛けて投げ込んだ。

妹もすぐに投げ込み、わっと泣き出す。正月用の晴れ着が欲しくて、姉を殺し反物を奪おうとしていたと告白する。姉も自分の気持ちを告げ、妹を抱きしめて泣いた。

二人は刀も、着ていた熊の毛皮も谷底に投げ捨てて帰り、母に事情を説明する。母も20年の悪夢から覚め、自分の血筋を二人に語る。

母は真っ先に黒髪を切り、二人の娘も剃髪（ていはつ）して三人比丘尼（びくに）となる。笹谷峠の麓の寺に行って出家し、これまでにあやめた旅人の菩提（ぼだい）を弔った。そして、「女賊」（「髭候の大尽」）はこう結ばれる。「すこぶる殊勝だが、父子二代の積悪を如来は許すかどうか」

## 原話との違い

原話の「腹からの女追剥」は、冒頭に「古代の人の言へり。『物には同気相求むる事、善にあり、悪に殊更なり』（物には同気相求めるということがある。善の場合もそうだが、悪の場合はことにはなはだしい）」と書く。一方、「女賊」に前置きはなく、ストレートに物語が始まる。原話で病死する山賊は、「女賊」では雪崩の下敷きになってむごたらしく死に、原話で母に「武士は避けて町人や村人を脅して、何でもよいから盗ってこい」と命令される娘たちは、「女賊」では母に無理や苦労はさせられないと、自ら積極的に悪事に走る。

話の大筋はそれほど変わらないが、翻案小説の名手である太宰は、登場人物の性格設定を非常に厳密に行っている。怪しげな「候」言葉で話すものの、本音を語るときは東北なまり丸出しになる山賊の棟梁はユーモアたっぷりに描かれる。公家の血筋ながら悪の道に染まっていく妻。娘二人のうち姉は母親似の色白の京風の美人、妹は父親似で色は浅黒く、利かぬ気の顔立ち。それぞれの性格、内面性まで、巧みに設定されている。登場人物の個性が、物語に深みを与える。

妻の父親の性格や過去の所業も愉快に作り上げた。手に入れた金銀財宝を前に、「これを元手に再び立身出世を働き掛けることができる」と、興奮しすぎた。娘を送り出してわずか5日目に、心臓麻痺（まひ）を起こしてあっさり死んでしまう。娘はもちろん知る由もない。さまざまな落ちがあるし、手下たちの振る舞いも、ユーモラスに描かれている。

コラム

## お伽草紙

小説「お伽草紙」を太宰治の最高傑作と評価する作家や研究者は多い。「前書き」のほか「瘤取り」「浦島さん」「カチカチ山」「舌切雀」の4編から成る。おなじみの昔話を素材にしながら、原話とは全く異なる、太宰ならではのユーモアあふれる物語世界を作り上げた。

### 「太宰文学」の最高峰

書き始めたのは東京空襲が本格化した1945年3月初め。防空壕で5歳の娘に絵本を読んで聞かせながら、父親の胸中には「おのずから別個の物語が醞醸せられ」たと、前書きにある。甲府へ疎開後、書き上げられた。

「舌切雀」の舞台は「仙台郊外、愛宕山の麓、広瀬川の急流に臨んだ大竹藪の中」だ。現実と異なる言葉の不要な世界。仙台でなければ成立しない話に仕立てた。

作家の長部日出雄さんは中学2年の時、太宰が入水したらしいと聞いた日に、古本屋にあった唯一の太宰の本「お伽草紙」を買った。最初に読んだ作品で作家の印象は決まる。「太宰ほど面白くておかしな小説を書く作家はいない」との思いは一貫して変わらないと話していた。

「舌切雀」の舞台となった、仙台市青葉区の愛宕山の麓、広瀬川の急流沿い。昭和30年代まで、川の両岸に竹やぶがあったという

結末を、原話と大きく変えているのも「女賊」の特色だ。その結果、「新釈諸国噺」の中でも注目される作品となった。三人比丘尼になるのは同じだが、原話は「『無明無体、全依法性（ほっしょう）』やらんと。聖のいへる、『氷消えては清き水となる』ためしぞかし」と結ぶ。「『無明は体なく、全く法性による』というものであろうか。ある聖が言ったように、『氷が消えて清らかな水になる』といった例である」という意味で、美談と捉えている。人間という存在への信頼感もにじむ。

一方、「女賊」は、「これまであやめた旅人の菩提を弔ったとは頗（すこぶ）る殊勝に似たれでも、父子二代の積悪はたして如来の許し給（たも）うや否や」と終わる。

## 「女賊」が表すもの

「女賊」の結末は、太宰の罪に関する意識を浮き彫りにしたとも言えるだろう。原話との違いについて、福井県立大の木村小夜教授は「娘たちに山賊稼業を継がせた母親の『罪の無自覚』」に注目した。「作者にとって何を罪と見なすかということは、関係の中の人間の姿を捉える起点として重要だったのではないか」と指摘する。（「太宰治全作品研究事典」）

「西鶴の全著作の中から気に入りの小品を選んで、それにまつわる私の空想を自由に書きつづった」太宰が、何を意図して翻案したのか、それぞれの作品で何を主張しようとしたのかは、西鶴の原話との比較することによって、くっきりと浮かび上がる。「新釈諸国噺」を読む楽しみは、原話と重ね合わせることで、さらに膨らんでいく。

太宰治は戦時中、多くの秀作を相次いで書いた。先に弟子の小山清の「この時期、日本の作家の中で、太宰ほどの仕事をした人は一人もいなかった」という言葉を紹介したが、多くの作家が「沈黙」を貫くしかなかった背景の一つに、当局による「検閲」があった。

太宰は歴史上の人物をモチーフにした「右大臣実朝」「惜別」や、「新釈諸国噺」「お伽草紙」(刊行は1945年10月)のような翻案小説を書くことで、検閲を巧みにくぐり抜けたと言える。特に翻案小説に関しては、「換骨奪胎の名手」と言われる太宰だけに、他の追随を許さなかった。どちらのタイプの作品であっても、登場人物に自身自身を投影し、自らの思いを自在に吐露する技法を、太宰はこの時期に確立したと言われる。戦時中に書かれたこれらの作品は、太宰文学の中で独特の輝きを放っている。

# ❖「たずねびと」

## ■「東北文学」に掲載

「戯曲第2作も完成しましたので、昨日から『東北文学』の短編にとりかかっています。月末頃までには御送り出来ると思っています」

太宰治は、河北新報出版局次長兼編集部長となっていた村上辰雄に宛てた1946年8月20日付のはがきに、こう記している。

戯曲第2作とは「春の枯葉」を指す。第1作「冬の花火」に続いて書き上げた。いずれも、太宰が終戦直後に抱いた「かるみの思想」や「辺境(田舎=愛すべき津軽)」への夢が打ち砕かれていく、「戦後の失望・絶望」がにじみ出る作品だ。一方、短編「たずねびと」は、戦時下の長距離移動の苦労や、「他人の親切」を受け入れざるを得ない屈辱感など、さまざまな心の葛藤を描いてはいるものの、全編を通して暗さは感じられず、上質なユーモアに貫かれている。

第2章でも触れたが、太宰治は、東京・三鷹の自宅と、疎開先の甲府市で2度にわたって空襲に遭い、被災した。妻子を連れ、長年離れていた青森県金木町（現五所川原市）の生家に疎開することを決める。「たずねびと」はこの時の長旅を素材にしている。

45年7月27日の朝に甲府をたち、昼ごろ上野駅に着く。青森行きの急行に乗ろうとしたが、空襲警報などを受け殺気立っていた群衆が雪崩をうってホーム目掛けて駆け出す。小さな子ども2人を連れた一家は、列車に近づくこともできなかった。やむを得ず、近距離の列車を乗り継いで、金木に向かうことにする。東北線の白河行きの列車に乗り、さらに宮城県の小牛田行きに乗り換える。その後、陸羽西線、奥羽線、五能線、津軽鉄道を乗り継ぎ、ようやく金木に着いたのは31日だった。

「たずねびと」はこの旅のうち、主に上野から仙台までの行程を小説化した。車内での苦労や、思わぬ親切を受けて揺れ動く心境などを描いている。小説の内容に触れる前に、「東北文学」について、創刊の目的などを含めて紹介しておきたい。

## 東北色を打ち出す

敗戦後の日本文学再建の一翼を担おうと、文芸誌「東北文学」が創刊されたのは、1946（昭和21）年1月。河北新報社が発行した。戦時中から発行の検討が始まり、紆余（うよ）曲折はあったものの、終戦後間もなく、創刊に向けた具体的な準備が始まる。東北色に富んだ、純文学の薫り高い雑誌を目指した。

当初の編集同人には、宮城県涌谷町に疎開していた作家の日比野士朗（元河北新報社員、1945年7月～47年7月に同社特務嘱託）、宮城県岩沼町（現岩沼市）出身で、45年に同町に疎開していた劇作家の久板（ひさいた）栄二郎らが加わった。

創刊号の編集後記で、日比野は「純文学の香り高い雑誌を、とのことで、久板君と二人で編集に着手したのは戦局悲痛な（45年）七月上旬のことだったが、間もなく仙台は灰燼（かいじん）に帰し、ついで時局は大転換を演じ、プランも、雑誌も、再三変更を余儀なくされた。ただ、われわれの熱情はずっと一貫して来た」と書く。久板も「中央偏在打破、東北的性格の反映」を目的とすることを示し、雑誌編集への抱負を述べている。

河北新報社出版局員で、創刊から終刊まで「東北文学」編集の中心となった宮崎泰二郎は、45年2月号の「編集室から」で、「東京以外の地方で、水準を落さず、読者にも筆者にも感激をもたれ得る文学誌の刊行という、全く新開拓のボーリングをすすめる試みに対して、野火の燃えひろがるような希望を感じている」と述べ、同誌発行への強い自信と意気込みを示している。

宮崎は太宰治とも親しかった。経歴を簡単に紹介しておく。河出書房編集部を経て45年12月に河北新報社に入社。46年2月に出版局編集部東北文学編集主任、同12月に同編集部長、48年

1月に文化局出版部長となった。後に編集局学芸部長なども務めている。

「東北文学」の毎号のテーマや執筆者の選択については、中央におもねることなく、東北色を強く打ち出したのが最大の特色と言える。執筆陣には疎開中の人を含め、東北ゆかりの作家、詩人、俳人、評論家、哲学者、画家、東北帝国大（東北大）の研究者らを次々と迎えた。一部名前を挙げると、船山信一、大池唯雄、桑原武夫、柴田治三郎、秋山恵三、中山義秀、草野心平、白鳥省吾、挟間二郎、阿部みどり女、荘司福ら。日比野士朗と久板栄二郎も、もちろん、小説や戯曲を寄せた。

中でも、劇作家、作家、児童文学作家の

東北色に富んだ純文学誌を目指した「東北文学」

秋田雨雀(青森県黒石町=現黒石市出身)の13回にわたる連載「自伝的文学的記録」は大きな反響を呼んだ。新人発掘に力を入れたのも同誌の特長で、後に紹介するように、太宰治の弟子たちの作品も掲載している。

「東北文学」によって、東北の文学界は確実に存在感を増したが、一定の役割を果たしたとして、50年5月号(通算53号)で休刊(実際は終刊)となった。

## 東北文芸協会

「東北文学」と密接な関りがあったのが、東北文芸協会だ。終戦後、仙台を中心に活発な文芸啓発運動を展開。会員による執筆、講演などを幅広く行い、戦後の文芸復興に多大な役割を果たした。

東北文芸協会設立の相談会が開かれたのは、1945年10月12日だった。東北帝大の外国語研究室に同大教授の土居光知をはじめ、飯野哲二、阿部みどり女、朝下忠、桑原武夫、菊沢季生、日比野士朗、久板栄二郎らが集まった。同11月4日に仙台市内で発会式が行われ、当日入会の申し込みをした人を含めると、会員は約50人に上った。

土居光知を会長に選出。顧問に阿部次郎、土井晩翠、小宮豊隆、岡崎義恵、武内義雄、中川善之助、木村亀二らが推薦された。この時に協会として「東北文学」に執筆協力をすることを申し合わせた。

「東北文学」への寄稿以外で、同協会の活動の柱となったのは文芸講座で、宮城県内はもちろん東北他県でも開催された。主に夏季に行われたが、会場は毎年、聴衆であふれたという。同協会は「東北文学」終刊後も、1956年まで活動を続けた。同年は講演会「追悼高村光太郎」を開催、同年末に開いた幹事会を最後に、全ての活動を終えた。

## 仙台に向かう車中で

「東北文学」に太宰治の短編「たずねびと」が掲載されたのは、こうした流れに沿ったものだ。作品は、こんな呼び掛けで始まる。

「この『東北文学』という雑誌の貴重な紙面の端をわずかに拝借して申し上げます。どうして特にこの『東北文学』という雑誌の紙面をお借りするかというと、それには次のような理由があるのです」

「実は、お逢(あ)いしたいひとがあるのです。お名前も、御住所もわからないのですが、たしかに仙台市か、その附近(ふきん)のおかたでは無かろうかと思っています。女の人です」

「東北文学」の読者は東北地方、しかも仙台付近に最も多いのではないか。この雑誌に載せることで、その人の目に触れることがありはしないか。それは無理だと十分わかっていても、書かずにはいられない気持ちなのだと語られ、小説は展開していく。あの女の人に、どうしても次の言葉を届けたい。

「お嬢さん。あの時は、助かりました。あの時の乞食(こじき)は私です」

戦時中、空襲の合間を縫って津軽に向かう列車の長旅がどれほど過酷だったか。しかも主人公である「私」は、妻と結膜炎で目が開かなくなった数え年5歳の娘、虚弱でひいひい泣き続けるばかりの2歳の男の子を連れている。持参したおにぎりも蒸しパンも、暑さの中、みな腐ってしまった。

「戦争が苛烈になって来て、にぎりめし一つを奪い合いしなければ生きてゆけないようになったら、おれはもう、生きるのをやめるよ。（中略）それがもう、いまでは、おれの唯一の、せめてものプライドなんだから」と妻に宣言していた「私」は万策尽き、「その時」が来たように思う。しかし、親子は乗り合わせた3人の女性の親切によって救われることになる。

一人目は白河を出て間もないころ、近くに乗っていた子持ちの女の人。お乳の出なくなった妻に代わって、男の子にお乳を飲ませてくれる。ひいひい泣いていた子どもは、母親ではない人の乳房をふくんで、ぐっすり眠った。

二人目は郡山の先で、桃とトマトがいっぱい入ったかごを持って乗り込んできた、おかみさんだ。あっという間に、桃でもトマトでも売ってほしいという乗客に囲まれるが、「私」はわざと関心がないふりをし、おかみさんを隣に座らせることに成功する。

おかみさんは妻とこんな会話を交わす。「どこまで」「青森のもっと向こうです」「子供を連れているんでは、やっかいだ。あがりませんか」。おかみさんは桃とトマトを10個ほど妻のひざに乗せてくれた。

## 憎しみを含めて

そして仙台が近づいたころ。下の男の子が目を覚まし、乳を求めて泣き始めたらどうしようと、「私」は不安になる。仙台が空襲を受けていなければ、知人も何人かいるので、途中下車して何とか頼んでみることもできる。だが、仙台市は既に大半が焼けてしまったため、それもかなわない。

「もうこの子は餓死にきまった、自分も三十七まで生きて来たばかりに、いろいろの苦労をなめるわい。思えば、つまらねえ三十七年間であった」と、「私」は千々に乱れる。とうとう男の子が目をさまし、むずがりだした。

「何も、もう無いんだろう」「ええ」「蒸しパンでもあるといいんだがなあ」。妻と話していると、その絶望の声に応じるように、「蒸しパンなら、あのわたくし、……」という「不思議な囁き（ささや）」が聞こえた。

「私」の後ろに立っていたらしい若い女の人か、網棚のかばんを下ろし、蒸しパンの袋を取り出すと、「私」のひざの上に乗せた。さらに「これは、お赤飯です。それから、これは、卵です」と、膝の上には包みが重ねられていく。汽車が仙台駅に止まり、女の人は「お嬢ちゃん、さようなら」と言って、汽車の窓からさっさと降りていった。「私」も妻も、一言もお礼を言うひまがなかった。

「たずねびと」はこう結ばれる。

「そのひとに、その女のひとに、私は逢（あ）いたいのです。（中略）逢って、私は言いたいのです。一種のにくしみを含めて言いたいのです」「お嬢さん。あの時は、たすかりました。あの時の乞食は、私です」と。

## 苦味と滑稽味

この作品は、「一種のにくしみを含めて言いたい」「あの時の乞食は、私です」という言葉をどう受け止めるかがポイントとなるだろう。

**コラム**

## 仙台の印象

太宰治は仙台にどんな印象を持っていたのか。当初はかなり失望したが、訪問を重ねるごとに親しみを感じていったらしい。当時、太宰と触れ合った仙台の人々の回想記などを基に、街への思いの変化を探ってみる。

太宰治が初めて仙台を訪れたのは、1944年5月12日。小説「津軽」執筆のための取材で故郷・青森に向かう途中、2時間ほど立ち寄った。駅前で女性に道を聞き、冷たくされたことが気に障ったらしい。「意味もなく都会風に気取っていて変に気位の高い、雑ぱくで間抜けで、文化都市として何一つまとまっていない」と語った。

### 訪問重ね好きな街に

「惜別」の取材でじっくり街を見、人々と接してみると、印象はがらりと変わる。「この前の失敬極まる暴説を取り消そう。魯迅先生が、恩師藤野先生や学友たち、仙台市民に抱いた愛情は、単なる対人関係というよりも、育ちの良い土地柄だということが分かってきた」と述べている。

こうした印象の変化が、小説「たずねびと」に親切なお嬢さんを登場させることにもつながったようだ。

---

桃とトマトをくれたおかみさんに、妻がお礼にお金を渡そうとするくだりがある。おかみさんは受け取りを拒絶。「私」はお金を渡すのは失礼だと妻をたしなめ、自分が持っているもので一番大切なものをおかみさんに上げることにする。20本持っていたたばこのうち10本を差し

出した。これで「にぎりめし一つを奪い合いしなければ生きてゆけないようになったら、おれはもう、生きるのをやめる」と語った「私」のプライドは、かろうじて保たれる。

だが、蒸しパンなどをくれた若い娘さんは、お礼を言うひまさえ与えてくれず、ひらりと身をひるがえして、列車の窓から消えてしまった。後に残ったのは、汚いシャツに色のさめた木綿のズボン、弊衣蓬髪（ほうはつ）という姿の父親と、髪は乱れ顔のあちこちにすすをつけ、粗末極まるモンペをはいた母親、眼病の女の子と、やせこけてひいひい泣き続けるだけの男の子という「乞食一家」が、食べ物をめぐんでもらったという事実だけだ。プライドは完全に打ち砕かれてしまったように見える。しかし、作品に暗さはみじんもなく、至る所にちりばめられたユーモアが、強く印象に残る。

「たずねびと」について、南山大名誉教授の細谷博さんは「『乞食』にまでなり下がった自分のふがいなさ、赤の他人の善意をありがたく押し頂くしかなかった屈辱、戦時下の不如意、三十七年間を生き継いで、なお脱しえぬこの世の生きがたさ、等々の万感が一時に『私』の胸に迫った」「それゆえにこそ、平明な美談と見えるものが一瞬にして転じ、痛切な人間の声がつよく四囲に響きわたるような、つよい結びになった」と指摘している。

さらに「呼びかけは、よくよく見れば、『お嬢さん』へのひたむきなラブ・コールともいえるほどのつややかな響きをもっている」とし、「何とも哀切きわまりない、同時にまた苦みと滑稽味（さらに色気まで）が絶妙に配合された、傑作短編」だと高く評価する。（『太宰治』、岩波新書）

戦争下の苦難を素材に、珠玉の短編「たずねびと」を生み出した太宰の手腕は、驚くほど鮮やかだ。もっと知られてもよい作品であることは間違いない。巻末に「東北文学」に掲載されたままの「たずねびと」を、資料として載せた。字句の表記が、ごく一部だが、現在文庫本や全集などに収められている作品と異なっている。じっくり味わっていただければうれしい。

# ❖弟子たち／菊田義孝

## 文芸評論家として活動

菊田義孝さん（１９１６～２００２年）は仙台市出身で、太宰治の弟子として、太宰の死まで身近に接した。戦後は編集の仕事をしながら、文芸評論家として主に活動し、太宰に関する数々の著作も残している。後に仙台市に帰り、詩人として積極的に活動した。無教会主義のクリスチャンでもある。菊田さんの文学観は、師である太宰治とキリスト教の大きな影響を受けている。

太宰の弟子の中で初めて、「東北文学」に作品が掲載されたのが菊田さんだ。菊田さん宛ての多くの太宰の手紙・はがきの中には、弟子への厳しい指導ぶりがうかがえるものもあり、興味をひく。

菊田義孝さん（72歳ごろ）

菊田義孝さんの著書の一部

菊田さんが太宰と初めて会ったのは１９４１（昭和16）年8月、25歳の時のことだ。明治大文芸科を卒業し、高山書院（東京）の編集者をしていた。田中英光の「オリンポスの果実」の編集を担当したこともあって、田中に連れられて、三鷹の太宰宅を訪ねた。以来、太宰に師事することになる。

当時、菊田さんは詩をよく書き、文芸誌などに発表していた。出会ってからすぐに、太宰に自作の詩を送り、見てもらっている。太宰は幾つかの作品を褒めた。ただ、菊田さんには当時、詩作上の迷いがあったらしい。12月4日付の太宰からのはがきには、こんな記述がある。

「心細いお手紙をいただきました。生きて在る者には、詩作する権利があります。無邪気に生きていきなさい」。太宰はこう書いた後、新約聖書マタイ伝の言葉「空飛ぶ鳥を見よ、播かず、刈らず、倉に収めず」「野の百合は如何にして育つかを思え、みづから労せず、紡がざるなり」を引用し、励ましている。

菊田さんはその後、太宰に「これからは、菊田、小説の時代だよ」と言われ、小説を書き始める。作品が何編か出来上がると太宰に送り、指導を仰いだ。44年3月16日付のはがきにはこう書かれている。

「寄稿拝誦。だんだんよくなっていますが、三篇とも少し粗末ですね、庶民が一ばんいいのだが、手を抜いた穴が二、三箇所あります。今度のは全体に、粗末。」

ストレートで厳しい表現だが、菊田さんが小説を書き始めて間もないころのことだ。今後への期待もあったのだろう。

## 弟子への心配り

この年（１９４４年）の大みそかに、菊田さんは太宰を自宅に招いている。太宰の人柄、弟子への心配りが伝わるエピソードを含むので、紹介しておきたい。

太宰は、仙台での魯迅関連の取材から帰り、「惜別」の構想を練っている最中だった。菊田さんは前年の11月に千代子さんと結婚しており、ぜひ自宅に師を招きたかった。思い切って「大みそかに、うちへ来ていただけませんか」と聞くと、案外気軽に「うん。行こう」とうなずいた。

夫婦でその日を待ちかね、菊田さんは午後1～2時ごろ、太宰を三鷹の自宅に迎えに行く。太宰は、出掛ける前に、黒い更紗（さらさ）の詰襟の服に着替え、少し短めのズボンを履き、ゲートルを巻いた。「惜別」の取材で仙台に行ったときと同じ格好だと説明したという。玄関でゴム長を履いていると、妻の津島美知子さんが笑いながら、菊田さんに言った。

「ご迷惑ですね。お酒を飲むと長くなる方ですから、いい加減にして帰してください」

菊田さん夫妻は心を込めてもてなし、楽しい時を過ごした。千代子さんに、太宰は帰り際にこう言ったという。

「菊田君はこれでもなかなか、いい所もあるのですから、奥さんどうか見捨てないで下さい」

菊田さん方を出ると、2人は吉祥寺の行きつけの酒場へ繰り出す。菊田さんは、太宰のおごりで酒をたらふく飲み、ベロベロになって別れた。

菊田さんは後に、こう回想している。

「太宰さんの奥さんは、大晦日(みそか)ばかりは太宰さんに家にいて貰(もら)って、平穏な年越しをしたかったろうに、また太宰さんも心の底では、それを望んでおられただろうに、私という心無い馬鹿弟子が、何という気の利かないことをして、時もあろうに大晦日まで、太宰さんをその炉辺から引裂くような真似をした」。深い後悔の念に駆られたと述懐している。(「太宰治全集」付録第9号、八雲書店、1949年)

## 終戦前後の生活

45年になると、菊田さんは召集を受け海軍に入隊するが、肋膜(ろくまく)に影があったとして即日除隊。戦争が激しくなると、宮城県元涌谷村(現涌谷町)に疎開する。畑仕事に精を出す菊田さんに、甲府市に疎開した太宰から、6月末に、こんなはがきが届く。
「とうとうお百姓になる御覚悟をきめた由、大賛成です。私もいま気がかりの仕事を片付けてしまったら、毎日畑仕事に精進するつもり。自分で作らなければ食えない世の中になった。またお逢(あ)いできるかどうか、とにかく奥さんも田舎で安心してお産できるだろうし、それだけでも幸福と思わなければならぬでしょう。甲府もだんだん東京と同様の風貌を呈して来ました。まあ、堪え抜きましょう」

戦時中の不自由な暮らしや、もう会うこともできずに自分は死んでしまうのではないかとの不安が伝わってくる。追伸で「惜別」の出版が決まったことや、「お伽草紙」があと20～30枚で完成すること、もう一つ短編を書いて、7月中旬に上京する予定であることなども記している。

7月21日付の太宰からのはがきは、空襲で焼け出され、切羽詰まった様子がにじみ出ている。
「またやられました。三鷹ではバクダン、甲府ではショーイダン。でも、一家中に怪我(けが)無し。着のみ着のままの状態になったので、月末に、妻子を連れて津軽へ行きます。（中略）金木で午前勉強、午後畑という生活をするつもり。そちらもくれぐれもお大事に」

## 終戦で心にゆとり

青森・金木に疎開し、終戦を迎えた後の便りからは、太宰が心のゆとりを取り戻したことがうかがえる。8月28日のはがきはこんな内容だ。

「御元気で農耕の御様子、何よりです。私も今月はじめにこちらへ来て、午前読書、午後農耕というのんきな生活をしています。これから世の中はどうなるかなどあまり思いつめず、とにかく農耕、それから昔の名文にしたしむ事、それだけ心がけていると必ず偉人になれると思います。もう死ぬ事はないのだから、気永になさい」

10月に入ってからのはがきは、さらに気持ちにゆとりが出てきたことを感じさせる。河北新報に「パンドラの匣」を連載することにも触れた。太宰がこの時期、戦後社会に非常に大きな期待を抱いていたことがよく分かる。

「御無事の御様子、それに赤ちゃん御誕生の由、大慶です。奥様にどうかよろしく御鳳声(ほうせい)下さい。私もこのごろは寒いので畑に出ません。もっぱら仕事に追われています。新しい文芸雑誌が続々発刊されて、文芸界はたいへんにぎやかです。また、今月中旬から仙台河北新報に絵入りの連載小説引き受けて、題は『パンドラの匣』というのですが、まあ私からの毎日のたよりといったような気持ちで読んで下さい。東京へ妻子を連れて行くのは、時期尚早じゃないか。私はこちらで冬ごもりの覚悟」

菊田さんは、太宰が言う通り、「パンドラの匣」を読んで、自分に向けて書かれた小説であるように感じたという。しばらくして妻子を連れて上京、中野区の自宅に戻った。

## 手厳しい指導

１９４６年の１月、菊田さんは金木町の太宰に小包で短編小説３編を送った。間もなく返事が届く。

「ただいま貴稿受取りました。いまちょっと用事があるので、まだ小包をほどかないでいるが、この小包の中の貴稿、傑作であるように祈っている。傑作だったら勿論（もちろん）、どこかの雑誌にたのんであげます。凡作だったら、さらにまた書いてください」

菊田さんのもとに、太宰から長い手紙が届いたのは3月の半ばすぎだった。「貴作を全部拝見し、いささか憂鬱（ゆううつ）になっているところです」と始まる、かなり手厳しい内容だった。

「どうも冴（さ）えない。あれほど僕が永い事かかって、いいものを読ませ、暗示して来たつもりなのに、未（いま）だに『芸術』を感得していないようで、もどかしい。短篇小説は、もっとシャッキリした鮮明な感覚の一線を引く事が大事です。君の言葉を借りて言えば、それこそ読者への『奉

## コラム 絵画の才能

太宰治は、美術に強い関心を持っていた。東京美術学校（東京芸術大美術学部の前身）に進んだ兄、津島圭治の影響もあったようだ。旧制青森中時代には自ら編集、出版した同人誌「蜃気楼」の表紙のデザインや、ポスターなども手掛けたといわれる。この時代、美術と文学のどちらの道に進むか迷っていた、という話が伝わっている。

### プロも驚いた自画像

画家の友人も多く、生涯にわたって深く交流した。画家や絵画などが重要な役割を果たしている作品は多い。

太宰が描いた油彩の自画像や風景画が幾つか残されている。多くは友人の画家のアトリエにあったキャンバスや筆、絵の具を使って、即興的に描かれたものだ。プロの画家が感心するほどの出来栄えで、小説家の余技の範囲を超えていたと評価する声もある。

写真の「自画像」は、1947年に東京・三鷹の友人宅で描いたもの。酒に酔っていた太宰は、15分ほどで一気に描き上げたという。含羞（がんしゅう）、道化、罪の意識…。複雑な内面が凝縮されているように見える。

仕』です。隣人への捨て身です。君は少しも『奉仕』していないし、捨てていない。『美しさ』とは、どんなものだか考えてみて下さい。君は昔の芸術品に対し、どんなところに最も心をひかれたか、それを思い出して下さい」

太宰の芸術観やどう弟子を指導してきたか、どんな思いで小説を書いてきたのかなどが浮かび上がる。読書家として知られる太宰の、内に秘めた思いも感じ取れるように思う。

この後、三つの短編について丁寧に批評している。1作については、テーマはちょっと面白いが、作者の気持ちが少しも割り切れていない、もう1作は、狙いは悪くないがいかにも下手だ。会話体なら、会話の主の肉体が感じられなければいけない、3作で一番不出来―などと書いた。

最後の1作「潤滑油」は、部分的に評価した上で、問題点を指摘している。

## 「東北文学」に送る

「『潤滑油』は、前半のコクメイな写実を採ります。併(しか)し、あとの作者の感想は、甚(はなは)だ平凡。凡は凡で味のある凡もあるが、これは少しいい気になりすぎた凡。古くさい。どうして君には、こんな変な教訓癖があるのだろう。かえって濁りを感じさせられます」

太宰はそれでも、最も見どころのあった「潤滑油」を「東北文学」に送ることを伝える。「採用になるかどうかわかりませんが、あそこでは、稿料も一枚十円くらいで、創刊号も地方紙に珍しく充実したものでしたから、初舞台としてそんな恥ずかしい事はないと思います」間もなく太宰宛てに、「東北文学」編集主任の宮崎泰二郎から、「潤滑油」を採用するとの連絡が届く。46年4月発行の同誌第1巻3・4合併号（創刊から3号目）に掲載された。

「潤滑油」の主人公は、母と妻と共に疎開した「私」だ。終戦の詔勅が下り、部屋を借してくれている家の長男が、兵役を終え、帰ってくるところから始まる。長男とその嫁は、半身不随の父親と折り合いが悪い。「私」が予想していた通り、早速、長男夫婦と父との間でいさかいが始まる。近所に養子に行った次男らを交え、さまざまな問題が次々と起こる。「私」は、一家内の事情は込み入っていて他人には分からない、だが、込み入ったことが分からないだけに、かえってありのまま、感じたことを語ることができる。「私」は、この家の「潤滑油」になりたいと思う――。

「東北文学」同号は編集後記で、「太宰治氏の推薦を得て菊田義孝氏の『潤滑油』一編を収載」したことを紹介した。「今月は創作と詩に新人を得たことをよろこびたい。（中略）東北はいわば未開の地という形で、私たちとしては、なんとかして新人を発見したいのだ。この点、既成文壇の人たちも、どうか私たちの熱意を買って応援して頂きたい」（日比野士朗）と書いている。

## 晩年に新たな境地

菊田さんはその後も、小説を書き、太宰の指導を受けたが、太宰は48年6月に愛人の山崎富栄と三鷹の玉川上水に入水し死去。菊田さんは、遺体発見の報を受け、太宰の友人の山岸外史とともに身元を確認した。

太宰の死後は文芸評論を中心に活動、編集の仕事をしながら、太宰関係の著書を数多く刊行した。主な著書は「太宰治と罪の問題」「終末の太宰治」（審美社）、「私の大宰治」（大光社）、「人間脱出　太宰治論」（弥生書房）、「太宰治とキリスト」（キリスト教図書出版）など。１９８６年に東京から仙台市岩切に引っ越した。

晩年は詩作に力を入れ、詩集「魂の略歴」「老いたる心の自由と平和」（てんとうふ社）、詩集「日々是好日」（きた出版）などを発表する。太宰治関係の講演や座談会もこなした。

筆者は当時、菊田さん方をたびたび訪れ、話を伺う多くの機会を得た。詩集が出るたびに送っていただいた。「あなたにまず読んでほしい」と、できたばかりだという詩が届いたこともあった。

79歳から82歳までの作品を集めた「日々是好日」（1999年）は、作者の信仰を表現した詩が多く収められている。若いころから「信仰か文学か二者択一を迫られながら、どちらにも徹底できない中途半端な心を抱いていた」という菊田さんは、この詩集で新たな境地を切り開いた。信仰（贖罪（しょくざい）信仰）によって自分の全生活が統一されていることを、全身で感じられるようになったという。「信仰と文学の一致統合がともかく実現されたことに、深い満足を覚えている」と述べている。

若き日に、太宰に作品を酷評されたことについても、「当時はかなりショックを受けたが、今になると、太宰の気持ちがよく理解できる」と語っていた。

# ❖弟子たち／戸石泰一

## 「未帰還の友に」のモデル

戸石泰一は仙台市出身で、旧制第二高等学校から東京帝国大学国文学科に進んだ。高校２年の時に太宰治の「八十八夜」を読み、身震いするほど感動する。大学に入った年の暮れに三鷹に太宰を訪ね、以来、師事することになった。戸石は、太宰の短編「未帰還の友に」の主人公のモデルであり、短編「散華」には実名で登場している。身長は１７９センチと当時としてはかなり大柄で、剣道三段。太宰によると「かなりの美男子」だった。

戸石は42年9月に大学を繰り上げ卒業し、10月に仙台の第二師団第４連隊に入隊した。入隊直後に、太宰は戸石宛てにこんなはがきを出している。

「（弟子の堤重久と）戸石に合う軍服があるまいから、すぐかえされるんじゃないか、などと話していましたが、（大相撲力士の）男女川が以前、仙台の連隊に入ったことがあるそうですから、その時の軍服が残っていたのかも知れない。タマに死すとも病に死ぬな、という言葉もある」

戸石は予備士官学校を卒業し、44年1月に南方（フィリピン・スマトラ島）に送られることになる。南方に向かう前、戸石は太宰に、どうしても会いたいので、途中下車する上野駅まで来てほしいと、電報を打った。

「未帰還の友に」は、予定より3時間遅れてようやく上野に着いた戸石（作中では「君」「鶴田君」）を「僕」（太宰）が出迎え、上野の茶店で酒をくみかわしたことを中心に展開する。

改札口を出た後、隊列から離れて近づき、軍刀を「僕」（作者）に預けて平然としている「君」に、「僕」は、はらはらする。三鷹の飲み屋を予約していたが、汽車が遅れて時間がない。西郷南洲の銅像近くで見つけた茶店が、何とか酒を出してくれることになった。

作品は、回想の中に回想を含む構成となっている。「僕」はかつて、物資が乏しい中、何とか酒にありつこうと、鶴田君とおでん屋の娘の縁談話を作り出し、狙い通り酒を出してもらう。鶴田君の話では、娘と彼は意外にも相思相愛の仲となったが、出征を控えた鶴田君は、娘の幸せのためにその思いを拒否する。おでん屋は引っ越し、「君」はまだ帰還した様子がない。作品はこう結ばれる。

「僕は二度も罹災（りさい）して、とうとう、故郷の津軽の家の居候ということになり、毎日、浮かぬ気持で暮らしている。（中略）君たち全部が元気で帰還しないうちは、僕は酒を飲んでも、まるで酔えない気持である。自分だけ生き残って、酒を飲んでいたって、ばからしい。ひょっとしたら、僕はもう、酒をよす事になるかも知れぬ」

## 「無事帰還を祝す」

戸石泰一が復員したのは1946年7月。自宅のある仙台は空襲で大きな被害を受けたが、郊外にある戸石宅は無事だった。戸石は留守中、太宰の単行本や小説の掲載誌などを全部買うよう、家族に頼んでいた。それらを見た時に「遠くにあった『日常』がようやく私のところまでかえってきたような気がした」と振り返っている。(「『別離』わたしの太宰治」)

本などに交じって、粗悪な紙に印刷した、うすっぺらな雑誌があり、「未帰還の友に」という小説が掲載されているのに気付いた。

南方へたった年は、実際は作中の年月より1年遅かったが、上野駅で長い間待ったこと、戸石が紫の袋に入った軍刀を太宰に預けたことや、最近の生活について論じたことなどが、そのまま書かれていた。おでん屋の娘と恋愛して、娘の思いを拒否するというくだりは、全てフィクションだという。

戸石は、すぐに金木町の太宰にはがきを出す。「無事帰還したこと、「未帰還の友に」を読んだこと…。だが、いつになっても返事が来ない。金木を訪ねた知人によると、太宰は戸石の帰還を知らなかったという。何らかのトラブルがあったのか、はがきは届かなかった。あらためてはがきを書く。金木を訪ねていいかと付け加えた。今度はすぐに返事が来た。帰還してから1カ月以上たって、ようやく連絡がついた。

「拝復　御ハガキいまつきました。さきのハガキは遂に来ない様子です。さて無事帰還を祝す。すこしは利口になって帰って来たかな？（中略）金木へはいつ来たってかまわないけど、君たちは酒を飲みすぎるのでやっかいだ。おれの飲む酒が無くなってしまう」「九月には、私も仙台へ遊びに行くつもりです。酒をたくさん背負って行くつもりだから、それまで対面を待ったらどうか。しかし、待ち切れなかったら、いつでも来たらいい。突然やって来てもかまわない。歓迎するさ」

戸石は「もっと大歓迎の言葉が書かれていないのが不満だった」と述べているが、二人の気の置けない関係が浮かび上がる。

## 東北人のユーモア

戸石が初めて太宰を訪ねたのは1940（昭和15）年12月13日。東京帝大国文学科で1学年上の三田循司と一緒だった。戸石が太宰に手紙を書いたことが、訪問のきっかけとなった。太宰からの返事には、「おたがいにはげましあってゆくのは歓迎するが、好奇心からの作家訪問なら、お断ります」とあったという。

三田は岩手県花巻町（現花巻市）生まれで、戸石同様、仙台の旧制二高出身。熱心に詩を学んでいた。太宰の短編「散華」の主人公だ。初めての訪問の時、寡黙な三田に対し、戸石は会話の途切れるのが怖くて、むやみに質問したりしゃべったりした。太宰は自分や友人の失敗談を語り、皆で大笑いする。戸石は太宰の言葉を日記にメモした。

「ロマンチックは新体制ですよ」「新しさ、それは太宰以後の文学」「作品の価値は、その中で作家の失ったもの、どれだけ、血を流したかによってきまる」「自意識過剰でどうどうめぐりとは、怠け者だ」

戸石は頻繁に太宰を訪ねるようになる。小説を書き、持っていくこともあった。

「散華」で太宰は、戸石と三田を比較して、また戸石について、こう書いている。

「（人間には）二つの型があるようだ。二人づれで私のところへやって来ると、ひとりは、もっぱら華やかに愚問を連発して私にからかわれても恐悦の態（てい）で、そうして私の答弁は上の空で聞き流し、ただひたすら一座を気まずくしないように努力して、それからもうひとりは、少し暗いところに座って黙って私の言葉に耳を澄ましている」

コラム

## グッド・バイ

### 軽快なユーモア小説

小説「グッド・バイ」は、太宰治の絶筆となった。朝日新聞に連載する予定で、原稿は13回目まで書かれていた。太宰の死後、1回目だけが同紙に掲載されている。

太宰は愛人の山崎富栄と1948年6月13日の深夜、東京・三鷹の玉川上水に投身した。小説のタイトルが象徴的なため、死との関係が論じられることが多いが、作品は軽快なユーモアにあふれている。

主人公の雑誌編集長は、妻子を田舎から呼び寄せる前に、十人近い愛人と別れようと決意する。闇商売仲間で絶世の美女キヌ子を偽の恋人に仕立て、愛人たちに身を引かせようという筋書きだ。初めに別れを告げる戦争未亡人の美容師は、明らかに山崎富栄をモデルにしている。

未完とはいえ、太宰持ち前のサービス精神が存分に発揮されている。完成すれば太宰を代表するユーモア小説として、新たな世界を切り開いただろうとみる作家や研究者は多い。だが、太宰も絶大な自信を示していたという作品は、それ以上書き進められることはなかった。

太宰治の入水場所近くの道路脇に五所川原市金木町から運んだ玉鹿石が置かれている。今は水量が減った玉川上水は、後方の手すりの下にある＝東京・三鷹市（1998年秋、筆者撮影）

「戸石君はいつか、しみじみ私に向かって述懐した事がある。『顔が綺麗だって事は、一つの不幸ですね』。(中略)戸石君は、決して心の底から自惚れているのかどうか、それは分からない。少しも自惚れてはいないのだけれども、一座を華やかにする為に犠牲心を発揮して、道化役を演じてくれたのかも知れない。東北人のユウモアは、とかく、トンチンカンである」

「散華」は、三田が応召され、アッツ島で玉砕したことを知って書かれた小説だ。三田の詩をあまり買っていなかった太宰は、三田がアッツ島から送って来た便りを読み、三田の詩人としての才能を高く評価することになる。

「御元気ですか。/遠い空から御伺いします。/無事、任地に着きました。/大いなる文学のために、/死んで下さい。/自分も死にます。/この戦争のために。」

繰り返しになるが、三田もまた、仙台ゆかりの弟子の一人だった。

## 河北新報社に入社

帰還した戸石に、太宰は河北新報社出版局の宮崎泰二郎や村上辰雄を訪ねるよう手紙で勧める。「太宰の消息、また文学の事など、話題はあると思います。そうしてごらんなさい」

戸石は1946年10月1日付で河北新報社に入社し、編集局取材部勤務となる。太宰は早速、戸石の入社を喜ぶはがきを出した。

「河北へ入社できた由、きょう出版局の村上さんからたよりありました。僕も、君が河北へはいったらどうかしらと思っていたのでした。何よりでした。（中略）河北は中央一流紙に少しも劣らぬ新聞紙ですから、充分に御奮闘を祈る。僕の仙台行きは十一月になるかもしれぬ」

太宰は同じ日に、出版局次長兼編集部長の村上辰雄にも手紙を書いた。

「御手紙をいただくたびごとに、仙台へ行きたくてなりません。（中略）戸石の事は、何卒よろしくご指導たのみます。のんきすぎるところがありますが、しかし、人を裏切るなんて事は知らない男です。剣道三段でも、しかし、暴力をふるう事は、絶対にありません。あれで自分ではスマートでと思っているらしく、そこが唯一の欠点です」

太宰が金木の生家への疎開を終え、東京・三鷹の自宅へ帰る途中、仙台に立ち寄ったのは、46年11月13日の朝だ。戸石が出社すると、机の上にざら紙のメモ用紙に走り書きした置き手紙があった。

「今朝仙台に下車した。駅で待っています。すぐおいで下さい。太宰」。戸石は喜び勇んで駅に向かう。太宰は駅の入り口前に立っていた。戸石が出征する直前に上野で会って以来、2年9カ月ぶりの再会だった。

「待ったですか?」

「うん、それほどでもない」

「先生、醜くなったですね。醜貌さらに醜を加えた感がある」

「いいよ、いいよ。お前は相変わらず美男子だよ」

以前と全く変わらない会話を交わす。駅前のホテルで家族を休ませ、太宰が持参したどぶろくを二人で飲んだ。酒がなくなると乾物屋で手土産の鴨（かも）を買い、河北新報社出版局を訪ねた。村上辰雄は当時、岩手新報社に出向中（12月1日付で岩手新報社取締役）で、宮崎泰二郎だけがいた。

3人は、まだ昼すぎだというのに東一番丁に繰り出し、焼き鳥屋で飲み始める。その日は宮崎が紹介した霊屋下の旅館に泊まることになった。他の社員らも加わり、太宰の家族が寝ている隣の部屋で、夜遅くまで飲んだ。

何かやれと言われ、歌舞伎の「三人吉三」の声色をまねし始めた戸石に、太宰は笑いながら言った。「ちっともいいとこないじゃないか」「みっともないから、もう一生やるな。俺の恥になるよ。あ、こら失礼な奴だ。無作法だ。足をそんな恰好（かっこう）して。ちゃんとすわっていろ」（戸石泰一「仙台・三鷹・葬儀」、「東北文学」1948年8月号）

太宰と家族は、翌日午前中の急行で東京に向かった。結局、これが、太宰にとって最後の仙台訪問となった。

## 晩年に文筆活動再開

戸石はその後も東京にしばしば太宰を訪ねる。「東北文学」に掲載する小山清や田中英光の小説の原稿を、太宰から託されたこともあった。

しばらくすると、河北新報社を辞め、仙台の目抜き通りに書店と画廊を兼ねた芸術的雰囲気に満ちたサロン風喫茶店を開いた。結構繁盛したものの、高利貸に資金を借りていたことで、間もなく経営が行き詰まってしまう。太宰との関係も、擦れ違いが目立つようになっていく。

太宰が死去した翌月の48年7月、戸石は仙台から上京し、八雲書店から刊行中の「太宰治全集」の編集に携わっ

戸石泰一の著書の一部と「東北文学」に掲載された太宰治の追悼文

た。仕事をしながら「肉腫」「瘴気」など幾つかの小説を発表し、52年には東京都立豊島高校の講師となる。62年から約10年間、都高教組の専従役員を務め、仕事に没頭した。しばらく文学から離れることになった。

再び文筆活動を開始したのは、病を得て専従役員を辞めてからだ。「青い波がくずれる」「火と雪の森」などの作品を残し、78年10月に死去した。

「青い波がくずれる」は、田中英光を描いた表題作と、太宰治、小山清を描いた「別離」「そのころ」の計3作から成る。「火と雪の森」は、「後三年の役」で源義家に敗れた安倍千任の短い生涯を通して、蝦夷（えみし）の屈することのない魂を描いた。73年５～12月に第１部、75年１～12月に第２部が、「赤旗」（しんぶん赤旗）日曜版に連載されている。没後に短編集「五日市街道」が刊行された。

## ❖ 弟子たち／小山清と田中英光

### ▌「三鷹綺譚」

1948年6月の太宰治の死を受けて、「東北文学」は同年8月号で特集「追想の太宰治」掲載した。弟子や友人らの回想記に加えて、柱となったのが弟子の小山清の小説「三鷹綺譚（きたん）」だった。

小山は太宰と家族が甲府市や青森県金木町に疎開中、東京・三鷹の太宰の自宅で留守番をしていた。その頃の生活をモチーフにした作品だ。小山は太宰の上京後も約2カ月にわたって同居し、47年1月、炭坑員募集に応じ、北海道の夕張炭鉱に行く。書きためた原稿を全て太宰に預け、旅立った。「三鷹綺譚」はこの中にあった。

戸石泰一は、太宰治の遺体が発見された翌日の48年6月20日、三鷹の太宰家で行われた通夜の席で、小山に初めて会った。小山は同日、北海道から上京してきたばかりだった。小山は口数は少なかったが、戸石や編集者らに加わり、太宰の思い出を語った。結構、よく笑っていたという。

戸石は通夜の合間を縫って小山の作品「三鷹綺譚」を読んだ。河北新報社は既に辞めていたが、「東北文学」の太宰治追悼号に載せるので、必ず原稿をもらってくるよう、念を押して頼まれていたのだ。「東北文学」の編集者たちは、生前の太宰から、この作品について話を聞かされていた。「地味でなんの変哲のない前2作と全くちがった、しゃれた作品だった」と戸石は振り返っている。(「青い波がくずれる」から「そのころ」)

「三鷹綺譚」の前書きで、小山はこう書いている。

「太宰さんはこんな作品のことも心にかけて下さったようで、題名なども違ったものになっており、最後に書かでものつけたしも削ってありました。太宰さんが存生ならばこそ、私としても甘えてこんな楽屋落ちのものも書いてみたわけですが、いまとなっては読者諸兄の寛容を頼んで、お通夜の笑い話のかすかな種ともなればと思います」

前書きにあるように、太宰はこの作品に「メフィスト」という題名をつけた。今も「メフィスト」として読み継がれている。ただ、作品発表の場となった「東北文学」には原題のまま、掲載された。

## 太宰の名をかたる

作品の概要を説明しておこう。

太宰が疎開した後、三鷹の家の留守番をしている「私」は、訪問客に太宰の不在を告げ、連絡先を教えるという芸のない仕事に嫌気がさす。「ファウスト」の劇中、悪魔メフィストフェレスがファウスト博士に化けて訪問の学生をあしらう場面を思い出し、自分もやってみようと思う。

若い女性の訪問客があり、私は「太宰先生」に成りすますことを決めた。本来の自分を殺し、終始津軽風の抑揚頓挫をもって声の口調を装った。これは、「私が正真正銘の太宰治であるという安心感を対者に与えるには、絶対に欠くことの出来ぬ重要条件の一つなのである」。

努力が奏功し、女性との話は弾む。妾宅の必要性について、罹災(りさい)の経験談、文学観など、いかにも太宰が言いそうなことを、思いつくままに話す。弟子の小山清の悪口、作家の品定め…。初めて会った太宰の印象を女性に尋ねると、「作品の通りの方だと思いました」「親しみのある、いい方だと思いました」という。お礼を言いたいほど良い気分になるが、それでは終わらなかった。

女性は言う。

「申し遅れまして、私は○○雑誌社の者ですが、今日のお話を訪問記事に致しまして、来月号の○○誌に掲載させて戴(いただ)き度(た)く思います。どうも長く御邪魔して失礼致しました」

私は「泥船に載せられたタヌキのように」、しばし茫然（ぼうぜん）として、なすところを知らなかった。

「最初からうまく話しが軌道に乗ったと思ったら、相手は商売人じゃないか」。なおざりにできない重大な事実に、私は慌てる。

「待ち給（たま）え。そんなものを雑誌になど発表されたら困るよ。それこそ僕は太宰さんに叱られてしまう、破門を、」と言いかけて失敗したと思ったが、後の祭り。

メフィストはついに逆上し、あらぬことを口走る。

「申し遅れましたなんてずるいぞ、君は雑誌記者だなんて嘘だろう。女探偵（スパイ）じゃないか？君は僕を脅迫するのか？」

## 日本のフィリップ

小山は東京生まれで、さまざまな職業を転々としながら、文学の勉強をしていた。太宰に初めて会ったのは１９４０年11月、29歳の時だ。三鷹の太宰を訪ね、以後、師事することになる。当時の小山にとって太宰の作品を読むことは孤独な生活の唯一のなぐさめであり、会いたいという気持ちを抑えられなくなったのだという。

当時、新聞配達で生計を立てていた小山は、何か書けると太宰のもとに持参して読んでもらい、またつらくなると太宰の顔を見に出かけた。「生活とは侘（わび）しさを堪えることだ」「悲しかったら、うどんかけ一杯と試合をしろ」―。そんな太宰の言葉に支えられ、「この人が生きている間は、自分は孤独ではないと思った」と振り返っている。（「太宰治に寄せて」、1952年、「新潮」5月号）

小山は、下町で戦災に遭い太宰の家に同居、ちょうど訪ねて来ていた田中英光とともに空襲に遭ったことが、太宰の疎開や、留守宅の留守番を務めることにつながった。

北海道に渡った後、太宰に託した作品の一つ「離合」が、太宰の推薦で「東北文学」1947年9月号に載ったことが、作家としてのデビューとなる。「離合」は新聞配達をしている「私」と、非合法運動で逮捕された経歴を持ち、古本屋などで生計を立てている「彼女」の感情のもつれあいを描いた。「東北

小山清と田中英光の著書の一部

文学」には「三鷹綺譚」の後、48年11月号にも「わが師への書」が掲載されている。小山は、「東北文学」から巣立った作家と言ってもいいだろう。

太宰の死後、小山は徐々に世に認められるようになり、50年代に入ってから、「落穂拾い」「小さな町」「日々の麵麭（ぱん）」などを刊行した。生活も安定し、寡作ながら文壇に地歩を固めつつあったが、58年に脳血栓により失語症となる。作家としては、致命的な病気だ。62年には妻が自殺した。悲運が重なる中、65年に53歳で心臓病のため死去した。

文芸評論家の奥野健男は「地味で素朴だが、その底に珠玉のような愛と美しさが秘められている」「つつましい庶民生活の中に、人間の魂の美しさを見出そうとした作風は、『日本のフィリップ』という標語がいかにもふさわしい薄幸の文学者だった」と、小山を評価している。フィリップとは言うまでもなく、貧しい庶民の生活をみずみずしい感性で、深い共感をもって描いたフランスの作家、シャルル＝ルイ・フィリップ（１８７４～１９０９年）のことだ。

## 「村の愛欲」と「東京怪談」

「東北文学」47年7月号に田中英光の小説「村の愛欲」が掲載された。田中の同誌登場は、これが初めだった。同年11月号にも、やはり田中の「東京怪談」が載っている。

青春小説の名作「オリンポスの果実」で知られる田中だが、この頃はあまり、作品を発表する機会に恵まれていなかった。47年4月2日付の田中宛ての長い手紙の中で、太宰は幾つかの原稿を「東北文学」宛てに送るよう勧めている。

「仙台市東三番丁、河北新報社『東北文学』編集部、宮崎泰二郎氏あてに送ったら、どうかなど考えています」「小山清の百枚の原稿も採用に決まったようです。稿料も、最低三十円のようです。割にテキパキ決まるようです。私からすすめられたと言って、そちらから直接送っていいと思います」

手紙は「危局突破を祈る。あせっては、いけない。まず、しずかに横臥(おうが)が一ばん」と結んでいる。田中が置かれていた厳しい状況がうかがえる。田中は、太宰の忠告に従い、「村の愛欲」と「東京怪談」を「東北文学」に送った。5月13日付で、太宰からはがきが届く。

「ただいま宮崎氏より速達がまいりました。貴作『村の愛欲』は七月号にのせる事に定め、『東京怪談』も面白いので、これは別冊創作特集（いま河北で計画中のもの）にもらいたいので、おあずかり致し置くとの事です。『村の愛欲』には太宰らしき人物も登場するとの宮崎氏の密告に、ヒヤヒヤしている」

田中は、かなり金銭的に窮していたのだろう。太宰に、稿料を早く送ってもらえるよう取りいる。

　太宰は6月3日付の田中宛てのはがきにこう書いている。

計らってほしいと、重ねて頼んだらしい。太宰は6月3日付の田中宛てのはがきにこう書いて

　「どうも田中出版社の集金がかりみたいになって来た。こないだ宮崎氏に、稿料早く送るようたのんでやりましたが、それでは、もういちどたのんでみましょう。どうも酒飲みの生き難い時代になって来たね」

　太宰は、先に紹介した田中宛ての長い手紙の中で、こうも書いている。「前途にいろいろ解決しなければならぬ問題があって、それを思うと胸がどきどきして、三十九歳も、泣きたくなります」。自分がどんなに厳しい状況にあっても、まな弟子のために何とか手を尽くしてあげたいという思いが伝わってくる。

　別冊創作特集は結局、実現せず、「東京怪談」は先に述べたように、「東北文学」47年11月号に掲載された。

## 「オリンポスの果実」

　田中が太宰に師事したのは1935（昭和10）年夏のことだ。田中が同人誌に発表した小説「空吹く風」を太宰が読み、こんなはがきを田中に送ったのがきっかけだった。

「君の小説を読んで、泣いた男がある。曽（かつ）て、なきことである。君の薄暗い竹藪（やぶ）の中には、

ひとり、カグヤ姫が住んでいる。而し君、その無精髯を剃り給え。私はいま、配所に、ひとり月をみている」

太宰の作品にひかれ、むさぼるように読んでいた田中は感激し、太宰に自分の身の上話や、これからの意気込みのほどなどを長々と書いた手紙を出す。太宰との文通が始まり、田中は作品を送るようになった。長編小説も書き始めた。田中は37年から40年にかけて二度にわたり召集され、朝鮮や中国などに送られるが、合間を縫って書き続けた。この間、39年には太宰の紹介で初めて商業雑誌に短編「若草」を発表している。

40年1月に除隊した田中は、応召慰労のため勤務していた会社の京城（現韓国・ソウル）支店から東京の本社に転勤となり、3月に上京する。同月下旬、書き上げた205枚の小説「杏の実」を持って、初めて三鷹に太宰を訪ねた。田中は、早稲田大在学中にボート部に所属し、

**コラム　死の謎**

太宰治は愛人の山崎富栄と玉川上水に投身する前、家族のもとに帰りたがっていた。小説「グッド・バイ」の筋書き通り、愛人との生活を清算し、本当の家庭人になるのだと、関係者の一人に語っている。それを知った山崎は逆上し、「青酸カリを飲む」と言って太宰を脅す。太宰は知り合いに薬を探させたが、見つけられなかった。

弟子の一人で詩人・文芸評論家の菊田義孝さ

んは当時、「菊田は情薄しだ」と、太宰に言われた。後になって、妻子のもとに帰りたいという心の叫びだったと気付く。「腕ずくでも連れて帰るのだった…」。菊田さんは、敬愛する師を救えなかったことを、生涯悔やみ続けた。

## 合意ではなかった？

太宰の実証研究の第一人者で岐阜大名誉教授の相馬正一さんは以前、「太宰は山崎富栄と心中する意志など全くなかった」と、筆者に話してくれた。根拠として①初の全集の編集に自ら意欲的に取り組んでいた ②師・井伏鱒二の選集の編集、巻末解説の執筆に力を入れていた ③志賀直哉と渡り合った「如是我聞」を連載中で、誇り高い太宰が投げ出すはずがない―ことなどを挙げた。

その上で「山崎は太宰の知らないところで死出の旅路の支度を整えていた。泥酔した太宰は、一途な女の恋心にほだされて、死を共にせざるを得なかった」と語った。

合意の心中だったのかどうか。真相は今も闇の中だ。

死の2カ月前に長女園子さん、次女里子さん（後の作家津島佑子）と一緒に撮った写真。「家庭人」太宰治の素顔がのぞく＝1948年4月、東京・三鷹の自宅

32年ロサンゼルスのオリンピックに、日本代表のエイト・クルーの選手として参加した。「杏の実」は、その遠征や前後の体験を、女子選手との恋愛などを含め、小説化したものだった。

初めて会う田中を、太宰はそわそわした様子で迎える。田中が手土産にすしを持ってきたことなどを叱り、長時間にわたり話をした。「杏の実」はギリシャ神話にならって「オリンポスの果実」と改題させる。丁寧な批評をした上で、二度にわたって書き直させ、「文学界」に推薦した。同誌の40年9月号に「オリンポスの果実」は掲載され、12月に「第7回池谷信三郎賞」を受賞する。青春文学の名作として高く評価され、田中の出世作となった。

## 「太宰治先生に」

太宰が死去した後、田中はしばらくの間、新聞や雑誌への太宰に関する寄稿を全て断っていた。太宰の死に触れたくない、興味本位で語られていることに耐えられないとの思いがあった。初めて要請に応じて書いたのが、「東北文学」48年8月号の特集「追想の太宰治」に収められた「太宰治先生へ」だった。

「ぼくの気持ちでは、太宰さん生きていらっしゃるのと、まだ同じなので、いつもの調子でお便りします」と書き始め、心無い批評家が事実と異なることばかり述べていること、みんなが偽善者のような悲しみで、太宰の死を汚していることなどに、怒りをぶつけた。

「ぼくはただ悲しかった。『弱虫の大バカ野郎』と、ワイワイ泣きながら、あなたを罵り続けてきました。あなたは、自殺してはならなかった。あなたが、現在の苦痛を、必死に切りぬけられたならば、ぼくは、あなたこそ、世界文学史上に残る、大作家になるひとと、昔から信じてきたのです」

「あなたは、『誰よりも民衆を愛し、そして憎んだ』。あなたは、太宰治文学というものを、少なく共、日本文学史上に残して死なれたと思います」

「ぼくは、あなたほど、誠実な作家には、最早、二度と逢えない気がします」


この文章の中で、「ぼくは、あなたの御霊前で、『きっと、先生よりも立派な作家になってみせます』と誓いました」「あなたがぼくの中に残して下さった、文学の根を懸命に育ててゆく積りでおります」と述べた。

だが、田中のこの誓いが実現することはなかった。「野狐」「聖ヤクザ」「さようなら」など、苦悩に満ちた作品を書いた後、田中は１９４９年11月３日、三鷹・禅林寺の太宰の墓の前で大量の睡眠薬と焼酎を飲み、左手首を切って、自殺した。

# 第4章　インタビュー

# 仙台が舞台の諸作品

仙台高等専門学校名誉教授　千葉　正昭さん

―太宰治の仙台を舞台とした作品の中では、まず「惜別」に注目すべきだと思う。この作品をどう受け止めるか。太宰は何を表現しようとしたのか。

「太宰は魯迅に強い関心を抱き、内閣情報局や日本文学報国会に問い掛けられる前から、書きたいと考えていた。ただ、人物の造形の仕方にはかなり腐心している。太宰は思想的に、また正確な伝記として魯迅を描くことが自分にはできないことを、分かっていた。魯迅の人間的な優しさ、人間的な苦悩を、どうすれば小説として書けるか。太宰が紡ぎだしたのは、40年前の仙台という時空間に、『私』と『周樹人＝周さん』を置くことだった。こうした（時空の）隔たりを作ることで、太宰自身の思いを登場人物に盛り込むことができると考えたのだと思う」

「友達である『私』の視点で、初めは無邪気だったが、だんだんシリアスになっていく周さんの変化を語らせる。悩みを深めていく周さん像を設定したのに対し、『私』は比較的自由に、伸び伸びと設定した。自分と同じ東北の片田舎出身で、なまりに悩む『私』を置くことで、太宰は自らの思いを屈折的に表現することができると思ったのだろう。こうした『二重の設定』は、小説の構造としてうまいと思う」

―「惜別」は戦時中に書かれた、特殊な背景を持つ作品だが、小説としての出来栄えをどう評価するか。

**ちば・まさあき**　1952年仙台市生まれ。東洋大文学部卒、武蔵大大学院修士課程修了。宮城県工業高などの教諭、仙台高等専門学校教授、山形県立米沢女子短大教授などを歴任。現在仙台高専名誉教授、宮城学院女子大非常勤講師。専門は日本近代文学。著書に「記憶の風景―久保田万太郎の小説」（武蔵野書房）、「薬と文学」（社会評論社）。共同執筆に「太宰治必携」（学燈社）など。

「太宰は自分の文学観を登場人物に自在に語らせるのが得意だ。『惜別』でも、周さんに文芸について『誰も気づかない、人生の片隅で行われている事実にこそ高貴な宝玉が光っている、それを天賦（てんぷ）の不思議な触覚で探し出すのが文芸だ。文芸の創造は事実よりもさらに真実に近い』と語らせるところは、よく書けている。だが、肩に力が入っている部分が随所にある。内閣情報局や日本文学報国会からの委嘱ということもあり、『大東亜共栄圏』のテーマの一つ、『独立親和』をどう盛り込むかということに縛られ、無理が生じたのだろう。作品中に太宰らしいユーモアはたくさん見られるが、さまざまな状況、時世をクッションをもって捉えるということが、うまくできていない」

「周さんが東京へ行き、帰ってきた後、目つきが変わったとか、冷たい感じになったとかいうくだりは、小説の推移、転換の仕方に少し飛躍と無理がある印象を受ける。周さんと『私』、同級生の津田、矢島のやり取りも、何となく卑俗な感じを抱かせる。問題を打開するのにキリスト教を持ち出しているが、これは太宰が10年近く使っていた手法だ。そもそも魯迅がキリスト教会へいくこと自体、考えられない。小説全体の結晶度、完成度は、『お伽草紙』や『新釈諸国噺』など、太宰の中期の傑作と比べると、少し見劣りするところがある」

——発表当初は、「魯迅が仙台で受けた屈辱が理解できていない」「主観だけででっち上げた魯迅像」などと、酷評されたことがあった。近年、評価は変わっているのか。「惜別」は今後、どう読まれるべきだと思うか。

「（中国文学者、文芸評論家の）竹内好が、『惜別』発表後間もなく『魯迅の受けた屈辱への共感が薄いために愛と憎しみが分化せず、作者の意図であるはずの高められた愛情が、作品には実現されなかった』などと厳しく批判したことが、評価の出発点になった。だが、竹内の指摘はそもそも無い物ねだりで、小説としての『惜別』の形に即した批評になっていないなどの見方が示されている。東郷克美さん（早稲田大名誉教授）は『文豪魯迅について無知な耄碌医師の個人的な心の奥底にある像を描いた』ところに、作品の良さがあったと説く。佐藤伸宏さん（東北大名誉教授）は『政治性を極度に脱色し、親友という特権的な立場から周さんの姿を提示したことによって、太宰流の周さんを描いた』と指摘した。高橋宏宣さん（福島高専教授）は『政治的意図は小さくし、実藤恵秀「留日学生史談」が作品の初期構想に大きな影響を与えた』と解説。高橋秀太郎さん（東北工業大准教授）は『好意がありながらも「ずれ」てしまう人間関係のあり方に主眼がある』と述べるなど、いずれも政治や思想と切り離した、純粋な文学作品としての『惜別』を評価している」

「今後は、物語の特性、すなわち人物像の作り方の特性のようなものや、言い回しの特徴な

どを、もう少し丁寧に拾って、『惜別』の意義、特殊性を説明するといった方向性が求められていくと思う。もちろん研究者だけでなく、一般の読者もそうした点に注目して、作品を読んでほしい」

―「お伽草紙」の最終話「舌切雀」も仙台・愛宕山の麓の大竹やぶが舞台となっている。この設定はどう考えればいいのか。

「太宰は、スズメと仙台を結び付けることで、物語の舞台は仙台なのだと『限定』している。根拠として『仙台笹』という伊達家の紋所にスズメが2羽図案化されていることや、芝居の『先代萩』にスズメが千両役者以上の重要な役として登場すること、そして仙台を訪れた時に友人から聞いたという、仙台地方の古い童謡を挙げた。『カゴメ　カゴメ／カゴノナカノ　スズメ／イツ　イツ　デハル』という歌だ。全国の子どもの遊び歌になっているが、籠の小鳥をスズメと特定し、『デハル』という東北の方言が不自然な感じがなく使われていることから、仙台地方の民謡と称しても大過ないと述べる。この遊び歌の歌詞は太宰の創作であり、『デハル』も、おそらく北東北の言葉で、仙台ではあまり使われない。だが、この語り方によって、『舌切雀』は仙台の物語と考えてよいのだと、読み手を納得させてしまう。こうした小説の運び方は、非常に優れている。また、太宰の生家津島家の家紋が鶴であることを思い起こすと、伊達家の紋所に親しみを感じたのではないかと想像する」

「舞台が東北地方だということが、ものすごく、太宰には安定感をもたらす。自分も東北の出身だということを強く意識しているため、東北の物語を紡ぐことで自信を深めていくような認識の仕方が、太宰の中には確実にある。『舌切雀』では雪が大きな役割を果たすが、これも仙台が舞台だからできる。雪のない地方では成立しない。亡くなった東北大名誉教授菊田茂男氏に、以前聞いた話だが、昭和30年代に『舌切雀』に感動して、愛宕山の麓に土地を買い、小さな小屋を建てて住んだ東北大生がいたという。当時愛宕山の麓の広瀬川沿いには、物語に描かれたような竹やぶが広がっていた。太宰は、読み手をくすぐり、夢中にさせるような書き方が実にうまい」

――「お伽草紙」を高く評価しているようだが、太宰はこの小説によって何を伝えようとしたのか。作品の魅力はどんなところにあると思うか。

「『お伽草紙』は間違いなく太宰の最高傑作の一つだと思う。太宰の小説全体を見ると、人と滑らかに会話できる地平に立つ人と、そうでない陥没した所に落ちてしまい、人とうまく接触できない人が出てきて、後者を太宰は失格者と言う。そうした失格者が、自分の思いを無理なく発露できる場所として異界を描いた。『舌切雀』のおじいさんにとっては雀のお宿であり、『浦島さん』では竜宮城、『瘤(こぶ)取り』では鬼との交流の世界だ。自分を脅かす『他者』がいない、理想郷と言ってもよい。『日本で一ばん駄目な男』(舌切雀)など、現実社会では取るに足らない存在であるおじいさんたちが、理想郷では、あるがままに受け入れられる。主人公や登場人物を異界につれていく手法が巧みで、筆の運びがさえている。読み手は気が付いたら、異界に入り込んでいる」

「吉本隆明は『おじいさんと異類との恋がうまくいくか、やりとりした話』と言ったが、的を射た表現だ。異類と恋をする理由は、おばあさんと呼応の関係ができていないから。一方、理想郷にどっぷり浸っていることはできない。現実社会が過酷であっても、そこで生きていかざるを得ないのが人間だという、太宰のメッセージも込められている」

――「新釈諸国噺」の「女賊」は仙台名取川の上流、笹谷峠の付近に住む山賊と、京都から連れて来た公家の血筋を引く妻、2人の間に生まれた姉妹の物語だ。井原西鶴の原作に基づく翻案小説だが、どう読むべきか。

「西鶴の原作を自由に換骨奪胎し、奥行きのある新しい世界を作り上げた。『女賊』に出てくる盗賊は、人の物を奪っても悪いことをしているということに無自覚だ。京都でお大尽だと言って金を派手に使い、女の人を見初めて妻にすることを強く望み、金に目がくらんだ父親に娘を売らせる。父親は盗賊からもらった金で立身出世することしか考えず、娘を売ることに対して罪の意識が全くない。娘も盗賊の妻となり、人の物を奪うことに無自覚になっていく。生まれた2人の娘たちも同様に無自覚で人の物を奪う。積み重なる強悪、罪の意識を、どれほど人は自覚的に振り返れるかを、人に言わせたり考えさせたりする。このやり方はうまいと思う。福井県立大教授の木村小夜さんは、これらを『積悪』という表現で捉えている」

「『新釈諸国噺』も『お伽草紙』も、戦時下に書かれた。西鶴の話やおとぎ話の世界を題材にした翻案小説は、主人公たちに、作家の思いを滑らかに投入できるスタイルと言える。太宰は自分の思いを『隠れ蓑（みの）』に包み込むことで、戦時中の当局の検閲を、巧みにくぐり抜けた。太宰は厳しい時代を生き抜くために、作家としてのそうした技量を高めていき、小説の技法として定着させた。中島敦も戦時中、『李陵』や『山月記』で同じようなスタイルを作ったが、太宰の方がより、手足を伸び伸びさせている感じがする」

――2度戦災に遭い、津軽に疎開する途中の仙台周辺での出来事を描いた「たずねびと」は、ユーモアあふれる優れた作品だと思うが、どうだろうか。太宰に仙台を舞台とした作品が多いことには、どんな背景があるのか。

「『たずねびと』は、とてもうまく書かれた小説だ。太宰は、戦時下の困窮と、一般の道徳の混乱のようなものを結構客観的に見ている。甲府から上野へ、そして青森へ移っていく時に、こんな非常に困った体験をしましたということを、生活者のレベルで書いてみせた。東北人のまなざしも随所に感じる。切実に描かれていて、その困り方に、当時の人々の商魂も織り交ぜている。純粋な好意を持った人はこういうことができる、好意を受けた側はこういう思いだったという書き方から、太宰流の屈折した価値観がうかがえる。私は何も持たない乞食(こじき)だったという、必要なものを所有することができない者のひがみを、ユーモアをもって自虐的に、同時に切実に表現した。本当にうまい人だと感じる」

「太宰は常に、東北という概念を強く持っていた作家だと思う。東北を表現するときは、ためらうことなく、断定的に言い切る。東北人だったがために、やってみせるようなところがある。仙台は、青森と同じ東北だということに加え、知人が多い街でもある。弟子の菊田義孝さんや戸石泰一も仙台出身だった。仙台という土地に近しい感情を持っていたことも、仙台を舞台にした小説が多い理由なのではないか」

# 「パンドラの匣」の意義

早稲田大名誉教授　東郷　克美さん

―河北新報に連載された「パンドラの匣」は太宰治の初の新聞小説で、戦後第1作にも当たる。河北新報社の依頼を受けて、ほぼ即断で受諾した。どんな思いで引き受けたのだと思うか。

「（愛読者の）木村庄助から送られてきた日記を基に、太宰治は戦時中の1943（昭和18）年10月に、小説『雲雀（ひばり）の声』を書き上げた。出版する直前に印刷工場が空襲を受け、印刷中の本と原稿が焼失してしまったが、校正刷りが残った。終戦直後に河北新報社から連載の依頼を受けた時、『雲雀の声』を書き直して使うことを考えた。この作品に自信を持っていたのだろうし、何とか残したいという気持ちもあったのだと思う」

「太宰は敗戦前に『津軽』『惜別』と、東北に関係する作品を続けて書いている。その後、東京と疎開先の甲府で2度にわたって空襲に遭い罹災（りさい）、青森県金木町の生家に疎開することになった。新聞小説を依頼された時、津軽にいたことや、東北への思いがあったことも、即座に引き受けた理由だったのかもしれない」

――戦時中の「雲雀の声」を戦後の作品として書き直すことになったわけだが、時代の変化や敗戦後の心境などを盛り込むことをどう考えたのだろうか。

**とうごう・かつみ**　1936年鹿児島県さつま町生まれ。早稲田大教育学部卒。早稲田大高等学院教諭、成城短期大助教授、成城大文芸学部教授、早稲田大教育学部教授などを歴任。現在早稲田大名誉教授。専門は日本近代文学。著書に「太宰治という物語」（筑摩書房）、「佇立する芥川龍之介」（双文社出版）、「井伏鱒二という姿勢」（ゆまに書房）など多数。編著に「太宰治事典」（学燈社）ほか。

「太宰は、時代の変化や敗戦直後の心境を盛り込むものとして、『雲雀の声』の基本的な骨格に、何らの不都合も齟齬も感じなかった。『雲雀の声』をそのまま生かして『パンドラの匣』を書けると思ったことが、太宰の特異なところだ。時局的な要素を含むし、普通の作家が同じ立場に置かれたとしたら、書き直せるとは考えないだろう」

「『雲雀の声』の全容は分からないが、おそらく、太平洋戦争の開戦時の心境について書いた部分があったはずだ。ある意味では、太宰の中では、開戦と敗戦が自然に結び付いていたのだろう。『健康道場』という、世間から隔絶された場所、空間が舞台であることも、戦時中と敗戦後をつなげていくのに都合が良かった。開戦と終戦を入れ替えても通じるような境地を狙ったと言える」

――全編を通して明るさに満ちた作品で、恋愛小説の要素もあると思うが、さまざまなモチーフを含んでいる。健康道場は何を象徴しているのか。登場人物の造形はどうか。

「健康道場は世俗的な声が全然聞こえてこない所。語り手（手紙の書き手）の『ひばり』が場内から出る場面は最後になってわずかに出てくるだけだ。『越後獅子』『かっぽれ』『固パン』ら『塾生』と呼ばれる患者と、『竹さん』『マア坊』ら『助手』と呼ばれる看護婦が接触する範囲に限られている。塾生や助手をめぐるさまざまな出来事が、ひばりの目を通して書かれた。隔絶された状況での、一種のユートピアを描こうとしたと言える。戦後、太宰が一時的に感じた解放感も作品の背景にあるのだろう。太宰がこの時期に抱いていた『夢』のようなものを、ひと時だけ、健康道場という空間の中で実現することができた」

「登場人物はよく作られている。木村庄助の日記や木村が入所した施設の実地調査で、助手の竹さんやマア坊のモデルを特定したとする浅田高明さんの研究があるが、日記の登場人物と『パンドラの匣』の登場人物はだいぶ違うと思う。日記からヒントを得たとしても、竹さんやマア坊はもちろん、越後獅子、固パン、かっぽれ、つくしら出てくる人物は全て太宰が作り上げたキャラクターだ。特に竹さんは重要で、太宰が8歳（数え年）まで子守として世話をし、小説『津軽』のクライマックスで再会する場面が描かれた「たけ」（越野タケ）と結び付けて考えていたことは間違いない。『津軽』では、太宰はたけに再び出会ったことで『生まれて初めて心の平和を体験した』という心境に至ったと書かれているように、『パンドラの匣』の竹さんは、最終的には理想の女性として描かれている」

―「パンドラの匣」では固パンに「自由主義者」としての「リベルタン」について語らせ、越後獅子には便乗思想を批判させている。「かるみ」の思想も、作品中重要な意味を持つので

はないか。

「登場人物に太宰の思想を語らせている。固パンには、フランスのリベルタンは自由思想を謳歌する無頼漢のようなもので、自由思想とは反抗精神だと言わせる。続けて越後獅子に、自由思想は時々刻々と変わる、今さら軍閥官僚を攻撃してもそれは自由思想ではなく便乗思想だ、真の自由思想家が今叫ばなければならないのは『天皇陛下万歳！』だと語らせる。昨日までは古かったが、今は最も新しい自由思想だと説明させる。こうした『リベルタン宣言』や『便乗思想批判』は、戦後の天皇制批判への反逆であり、便乗的な民主主義を謳歌するような軽薄さがはびこる社会へのアイロニーと言える。『天皇陛下万歳』は、今ならそうでもないが、当時はかなりインパクトがあったはずだ。正面切ってここまで言うのはかなり大胆であり、強い思いが込められている。太宰の持ち前の反骨精神もうかがえる」

『かるみ』の希求は、終戦直後の太宰の思想の核になっている。ひばりに、芭蕉が『わび』『さび』『しおり』などよりはるか上位に置いた境地だと説明させ、『慾と命を捨てなければ、この心境はわからない』『すべてを失い、すべてを捨てた者の平安こそかるみだ』と語らせている。かるみは『パンドラの匣』の一番のポイントであり、そこへもっていこうとして書いている。語り手（ひばり）が、かるみの境地に到達していくまでの話だと言ってもよい。『お伽草紙』にも出てくるが、太宰が戦時中から終戦直後まで、一貫して持ち続けたのが『かるみ』の思想だった。ただ、この『かるみ』は、その後の作品には現れない」

――「パンドラの匣」は新聞連載を当初の予定より縮めることになる。強い意欲を持って書き始めた太宰の心境はどう変わっていったとみるか。

「太宰は戦後社会に大きな希望を抱いたが、実際の社会は自分が思った方向には進まなかった。希望が急速に失われ、失望に変わっていったのは間違いない。『パンドラの匣』を書き続けることに嫌気が差したのではなく、時代の動き方を見ると、明るく希望に満ちた小説を書き続けることが難しくなった。希望をテーマに書くのにそぐわなくなってきた。それが予定より短くなった理由の一つだろう」

「『パンドラの匣』には深刻な暗さがない。最後まで肯定的に書き切っている。現実世界と隔絶した空間を設定したことが、それを可能にした。最後は、この道がどこに続くかを伸びていく植物の蔓（つる）に聞き、『私はなんにも知りません。しかし、伸びて行く方向に陽（ひ）が当たるようです』と語らせて結ぶ。例えば、『人間失格』の『ただ、一さいは過ぎて行きます』という終わり方と比べると対照的だ」

――「パンドラの匣」は太宰作品の中でどう位置付けられるか。どう評価されるべきだと思うか。

「ここまで明るさに貫かれた作品は、太宰の中では異質だが、太宰文学の一面をよく表している。こうした作品が、敗戦直後の混乱の中で書かれたことをまず評価すべきだろう。新憲法や天皇制がどうなるのか、まだはっきりしていない時期に、このタイミングで書かれたことに意義があると思う。戦時下と敗戦後の一貫性を考える上でも都合がよい作品だ。開戦後の『雲雀の声』と敗戦後の『パンドラの匣』が同じモチーフで書かれたこと、多少ぎくしゃくする面はあるにしても、それを通用させたことは大きな意味を持つ」

「作品の後半で、竹さんやマア坊は急速に変わっていく。語り手のひばりの見方が変わっていくということでもあるが、そのあたりはちょっと急いだ感じがする。さまざまな事情があるにしても、もう少しじっくり書ければ良かったと思う。作品の評価では、『お伽草紙』や『斜陽』という傑作に挟まれていることや、新聞連載を途中で切り上げたような印象を持たれていることがマイナスになった面がある。ただ、よくまとまっているし、太宰がここまでポジティブな作品を書いたことの意義は大きい。この後は『親友交歓』『トカトントン』『冬の花火』『春の枯葉』などペシミスティックな作品が続く。『かるみ』の思想などの表明を含め、『パンドラの匣』はもう少し見直されてもいい。これからもっと読まれるべき作品ではないか」

# 太宰治年譜

**1909（明治42）年**

6月19日、青森県北津軽郡金木村（現五所川原市）に生まれる。本名津島修治。父は源右衛門、母は夕子（たね）。10人きょうだいの六男だった。母が病弱だったため叔母キヱに育てられ、子守のタケから小学校に上がるまで教育を受ける。

**1912（明治45・大正元）年　3歳**

父源右衛門が衆議院議員に当選。

**1916（大正5）年　7歳**

金木第一尋常小学校に入学。

**1922（大正11）年　13歳**

尋常小を卒業。明治高等小学校に1年通う。

**1923（大正12）年　14歳**

3月、父が貴族院議員在任中に死去（52歳）。4月、青森中学校に入学。

**1925（大正14）年　16歳**

3月、青森中「校友会誌」に「最後の太閤」を発表。このころから作家を志す。8月、級友と同人雑誌「星座」を創刊。11月、同人雑誌「蜃気楼」を創刊。

**1926（大正15・昭和元）年　17歳**

9月、東京美術学校在学中の兄（五男）圭治の提唱で同人雑誌「青んぼ」を創刊。

**1927（昭和2）年　18歳**

4月、弘前高等学校文科甲類に入学。7月、芥川龍之介の自殺に衝撃を受ける。8月、義太夫を習い始める。

**1928（昭和3）年　19歳**

5月、同人雑誌「細胞文芸」を創刊、生家を告発する「無限奈落」を発表。同誌には井伏鱒二らが寄稿する。花柳界に出入りし、芸妓紅子（小山初代）と知り合い、次第に親しい仲となる。10月、青森市の文芸同人誌「猟騎兵」の同人となる。

**1929（昭和4）年　20歳**

1月、弟礼治が敗血症のため急死（17歳）。左翼思想に傾き始める。12月、期末試験前夜に多量のカルモチン（睡眠薬）を飲み、昏睡状態に陥る。自殺未遂か。

**1930（昭和5）年　21歳**

4月、東京帝国大学仏文科に入学。左翼活動を始める。5月、井伏鱒二と会い、以後師事する。6月、三兄圭治死去（27歳）。10月、小山初代が出奔上京。生家から分家除籍を条件に結婚を認められる。初代はいったん帰郷。11月、銀座のカフェの女給、田辺あつみと鎌倉腰越町の海岸でカルモチンを飲み、心中を図る。田辺のみ死亡。自殺幇助容疑で取り調べを受けるが起訴猶予となる。12月、初代と仮祝言を挙げる。

**1931（昭和6）年　22歳**

2月、初代が上京、品川区五反田の借家に同居。秋に神田へ転居。左翼活動を続ける。

**1932（昭和7）年　23歳**

7月、青森警察署に出頭、左翼活動から離脱。同月末、初代と静岡県静浦村へ行き1カ月滞在。「思い出」の執筆を開始。9月、芝区白金三光町に借家に仮住まいする。

**1933（昭和8）年　24歳**

2月、古谷綱武、木山捷平らが始めた同人誌「海豹」に参加。初めて太宰治の筆名を使用。3月創刊号に「魚服記」を発表、4、6、7月号に「思い出」を発表。5月、杉並区天沼に転居。

**1934（昭和9）年　25歳**

古谷綱武、檀一雄らの季刊文芸誌「鷭」に「葉」「猿面冠者」を発表。「彼は昔の彼ならず」を「世紀」に発表。12月、檀一雄、今官一、中原中也らと文芸同人誌「青い花」を創刊。創刊号に「ロマネスク」を発表。

**1935（昭和10）年　26歳**

3月、都新聞社を受験するが不合格。鎌倉市の鶴岡八幡宮の裏山で縊死(いし)を図るが未遂。4月、盲腸炎となり腹膜炎を併発。鎮痛剤パビナールを使用し続けたため中毒になる。5月、「青い花」が「日本浪漫派」に合流、同誌に「道化の華」を発表。7月、千葉県船橋町（現船橋市）に転居。8月、「逆光」が第1回芥川賞候補となるが、受賞を逸する。佐藤春夫を訪ね、以後師事する。10月、川端康成の芥川賞選評に抗議する「川端康成へ」を「文芸通信」に発表。「ダス・ゲマイネ」「もの思う葦」などを発表。

**1936（昭和11）年　27歳**

2月、パピナール中毒の治療のため入院、10日ほどで完治しないまま退院。6月、第1創作集「晩年」を刊行。10月、パビナール中毒根治のため入院、11月退院。

**1937（昭和12）年　28歳**

3月、小山初代との過失を画学生から告げられ、衝撃を受ける。初代と群馬・水上温泉でカルモチンによる心中を図るが未遂に終わる。初代と離別。「二十世紀旗手」「HUMAN LOST」などを発表。

**1938（昭和13）年　29歳**

9月、井伏鱒二が滞在していた山梨県河口村、御坂峠の天下茶屋で創作に専念。井伏を介し、甲府市の石原美知子と見合い。「満願」「姥捨」などを発表。

**1939（昭和14）年　30歳**

1月、東京都杉並区の井伏家で石原美知子と結婚、甲府市御崎町に新居を構える。9月、東京都三鷹村（現三鷹市）に転居。「富嶽百景」「女生徒」「八十八夜」「畜犬談」などを発表。

**1940（昭和15）年　31歳**

3月、田中英光が三鷹を訪ね初めて対面。持参した小説を「オリンポスの果実」と改題、書き直させた後、「文学界」に推薦。7月、木村庄助との文通が始まる。11月、小山清が初めて三鷹を訪ね、以後師事。12月、戸石泰一と三田循司が初めて三鷹を訪ね、対面。「女生徒」が第4回透谷文学賞副賞に選ばれ、透谷記念文学賞牌を受ける。「駈込み訴え」「走れメロス」「女の決闘」「善蔵を思う」などを発表。

**1941（昭和16）年　32歳**

6月7日、長女園子誕生。8月、病床の母夕子の見舞いのため10年ぶりに帰郷。菊田義孝が田中英光とともに三鷹を訪問、以後師事する。「東京八景」「新ハムレット」「ろまん燈籠」「清貧譚」などを発表。

**1942（昭和17）年　33歳**

9月、戸石泰一が東京帝大を半年繰り上げで卒業、翌月仙台の第二師団歩兵第四連隊に入隊。

10月、母夕子重篤のため美知子、園子を伴って帰郷。2人は津島家の人々と初対面。12月、夕子危篤の報を受け単身帰郷。夕子は10日死去（69歳）。「正義と微笑」「花火」など発表。「文芸」10月号に掲載された「花火」は時局に合わないとして一部削除を命じられる。

**1943（昭和18）年　34歳**

5月、木村庄助が京都府の保養院で死去（22歳）、7月、木村の遺志により日記12冊が送られてくる。10月、日記を基に「雲雀の声」を書き上げるが、検閲で不許可になる恐れがあるとして出版を見合わせる。8月、三田循司がアッツ島の日本守備隊全滅（5月）で戦死していたことを知る。「右大臣実朝」「故郷」「鉄面皮」「帰去来」などを発表。

**1944（昭和19）年　35歳**

1月9日、予備士官学校を卒業して南方軍総司令部に向かう戸石泰一と上野で会い歓談。2月3日、日本文学報国会の東亜五大宣言小説執筆希望者による協議会に出席。後日「『惜別』の意図」を執筆、提出。5月12日、「津軽」執筆に向けた取材旅行に出発、仙台に途中下車し、2時間ほど滞在。13日青森着、6月5日まで津軽各地を旅行。この間、小泊村でタケと30年ぶりに再会。7月、小山初代が中国・青島で死去（32歳）。8月10日、長男正樹誕生。11月、「月刊東北」に「髭候の大尽」（後に「女賊」と改題）を発表。同月29〜30日、「雲雀の声」が出版直前に東京・神田の印刷工場が空襲に遭い、印刷製本中の本と原稿が焼失。12月、「大東亜五大原則」の『独立親和』の原則」の小説化を委嘱される。同月20日夜、魯迅が仙台医学専門学校に在籍した当時のことを取材するため仙台へ向かう。21日仙台着。22〜24日、河北新報社で明治時代の河北新報を読み、「惜別メモ」を取る。「散華」「津軽」など発表。

**1945（昭和20）年　36歳**

1月、「新釈諸国噺」刊行。4月、東京・三鷹の自宅が空襲で一部損壊。自宅を小山清に任せ、甲府市の妻美知子の実家石原家に疎開。同月6日深夜、甲府が空襲に遭い、石原家も全焼、知人宅に身を寄せる。同月28日、青森県金木町の生家に疎開するため甲府を出発、31日金木に着く。8月15日、戦争終結の詔（みことのり）が放送される。9月、「惜別」刊行。10月22日、河北新報で「パンドラの匣」連載開始、翌年1月7日まで64回にわたって掲載。他に「お伽草紙」など発表。

**1946（昭和21）年　37歳**

6月、「パンドラの匣」を河北新報社が刊行。11月、「東北文学」11月号に「たずねびと」を発表。同月13日、妻子と金木町の生家から東京へ帰る途中、仙台で下車。戸石泰一らと会い、夜通し歓談。14日、上野に着き、小山清が出迎える。帰京後、坂口安吾、織田作之助との座談会に立て続けに出席。「右大臣実朝」「十五年間」「未帰還の友に」「冬の花火」「春の枯葉」「苦悩の年鑑」「親友交歓」など発表。

**1947（昭和22）年　38歳**

2月、神奈川県下曾我部村原に太田静子を訪ね5日間ほど滞在。3月、三鷹駅前で山崎富栄と知り合う。同月30日、次女里子（後の作家津島佑子）誕生。4月、兄津島文治が青森県の初代民選知事に当選。6月、改訂版「パンドラの匣」を双英書房から刊行。7月、「パンドラの匣」が「看護婦の日記」として映画化される。11月12日、太田静子との間に女児治子誕生、認知の「証」を渡す。12月、「斜陽」を刊行、たちまちベストセラーとなる。「トカトントン」「メリイクリスマス」「正義と微笑」「ヴィヨンの妻」などを発表。

**1948（昭和23）年　39歳**

5月、「グッド・バイ」10回分を朝日新聞に渡す。6月13日深夜から14日未明までの間に、山崎富栄と三鷹の玉川上水に入水。19日早朝に遺体発見。21日付の朝日新聞に「グッド・バイ」第1回を掲載。残り（未完）は「朝日評論」7月号に掲載。7月、三鷹の禅林寺に葬られる。死後に「人間失格」「桜桃」を刊行。

**1949（昭和24）年**

6月、禅林寺の森鷗外の墓の向かいに墓碑を建立。19日、太宰をしのぶ「桜桃忌」が初めて行われる。

# 資料編

## ◇惜別メモ（一部）

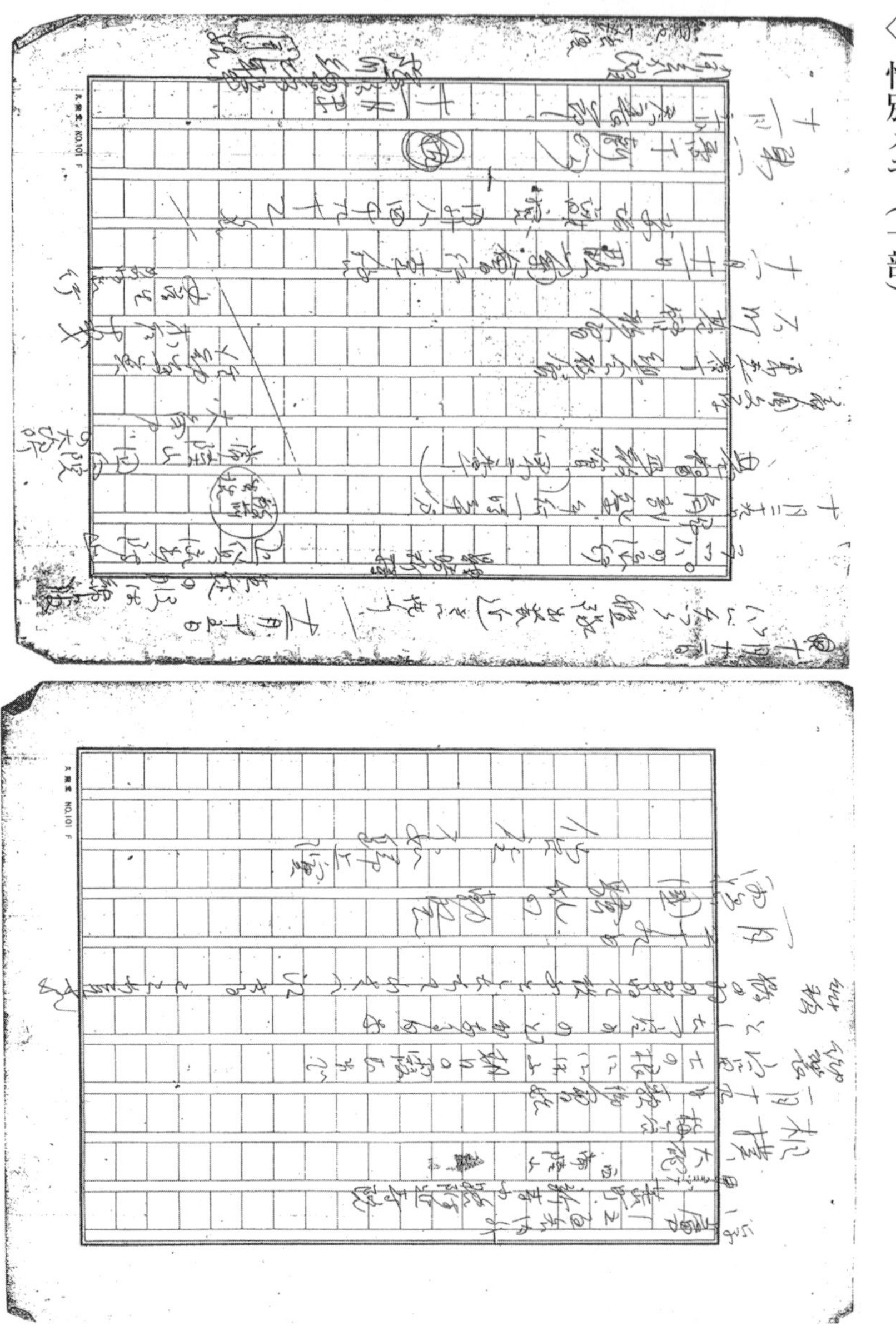

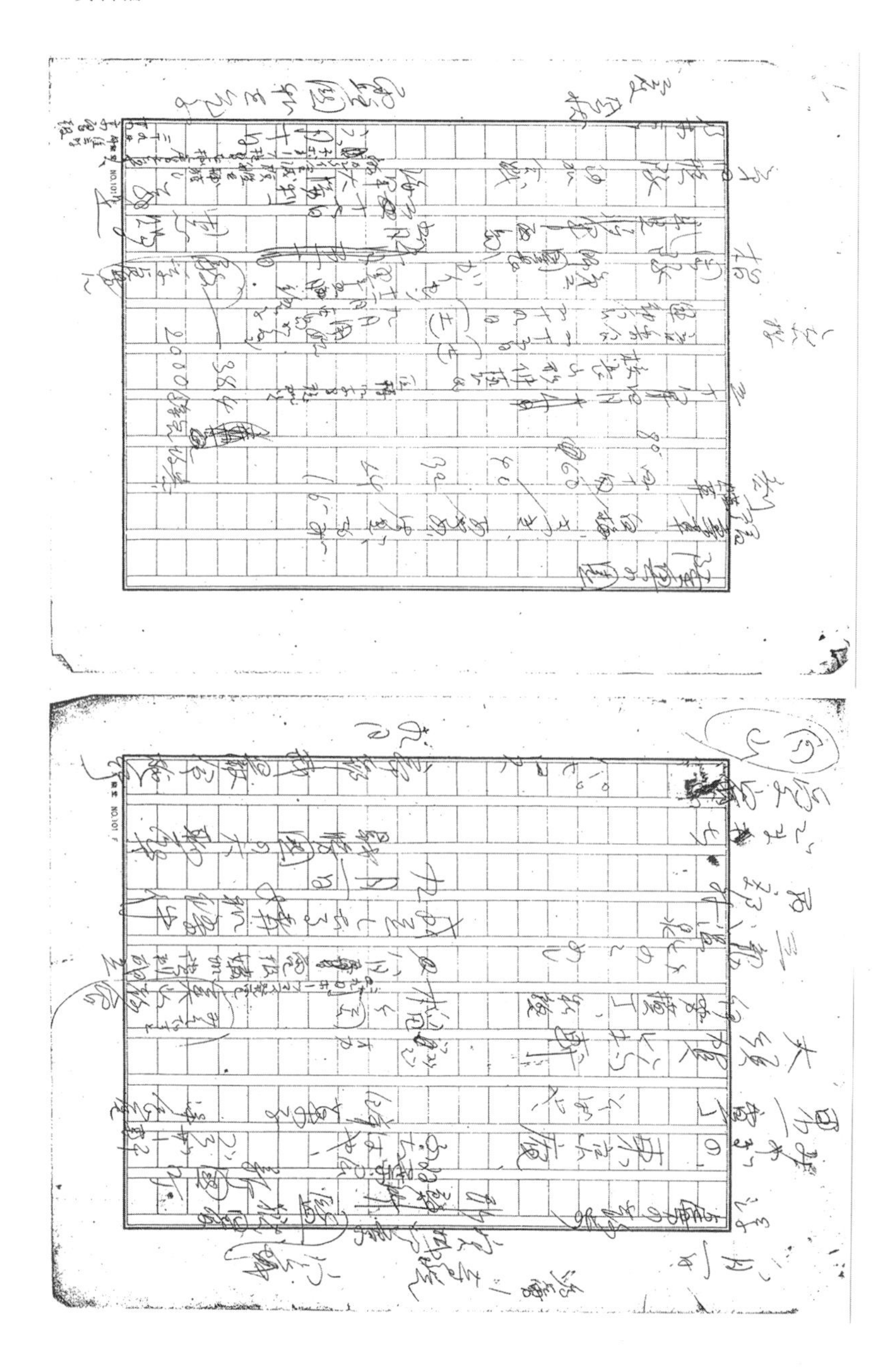

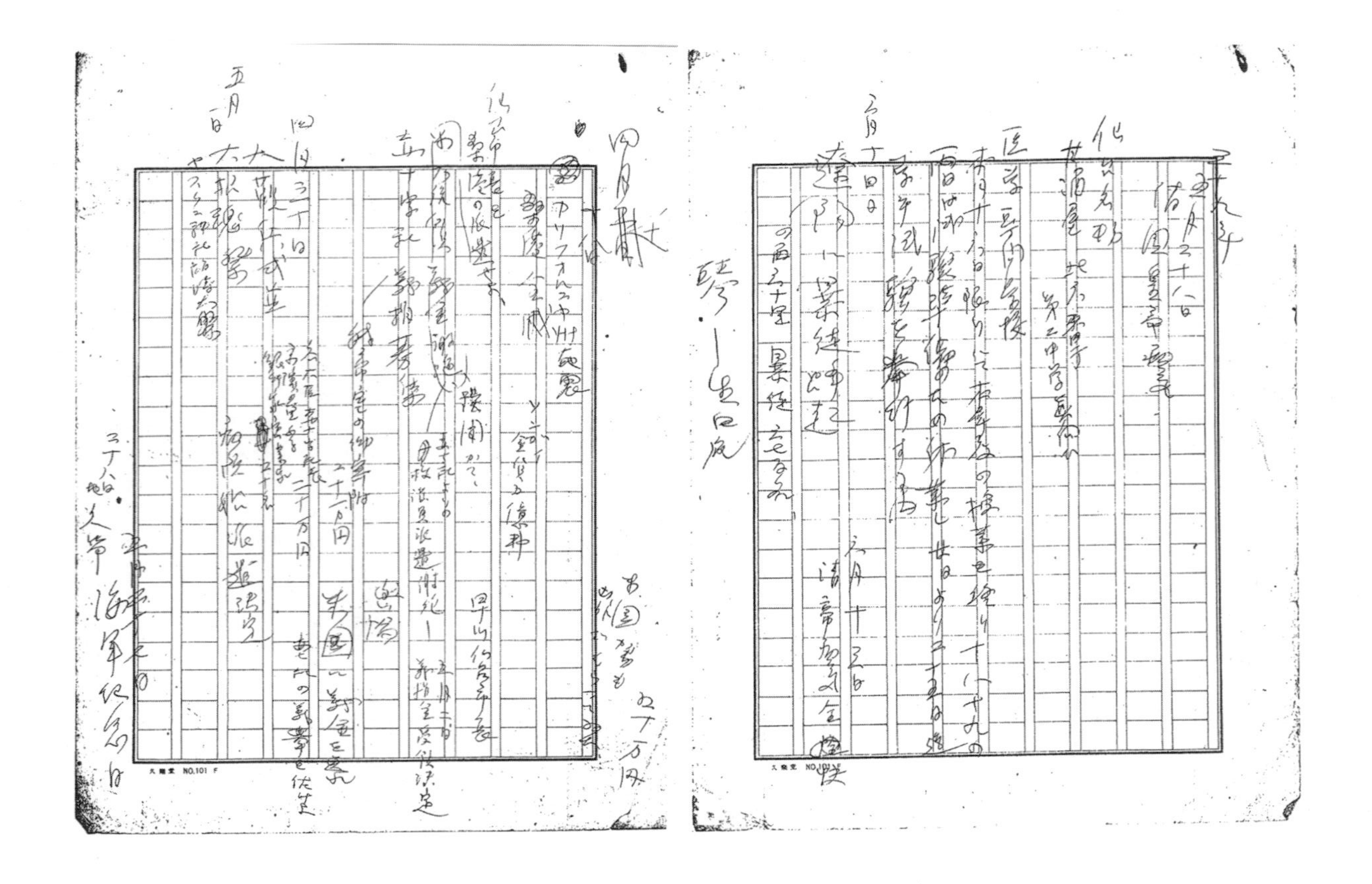

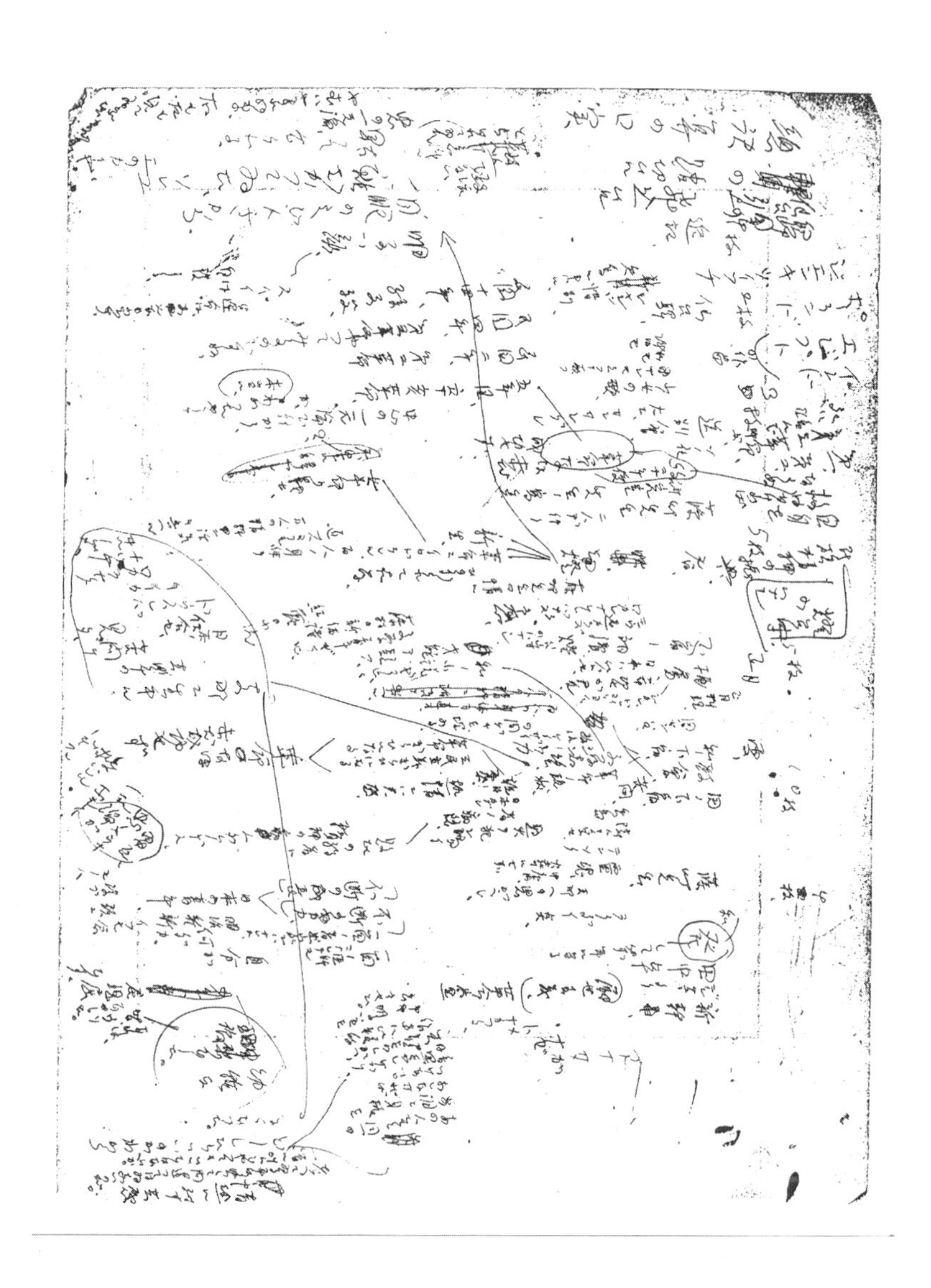

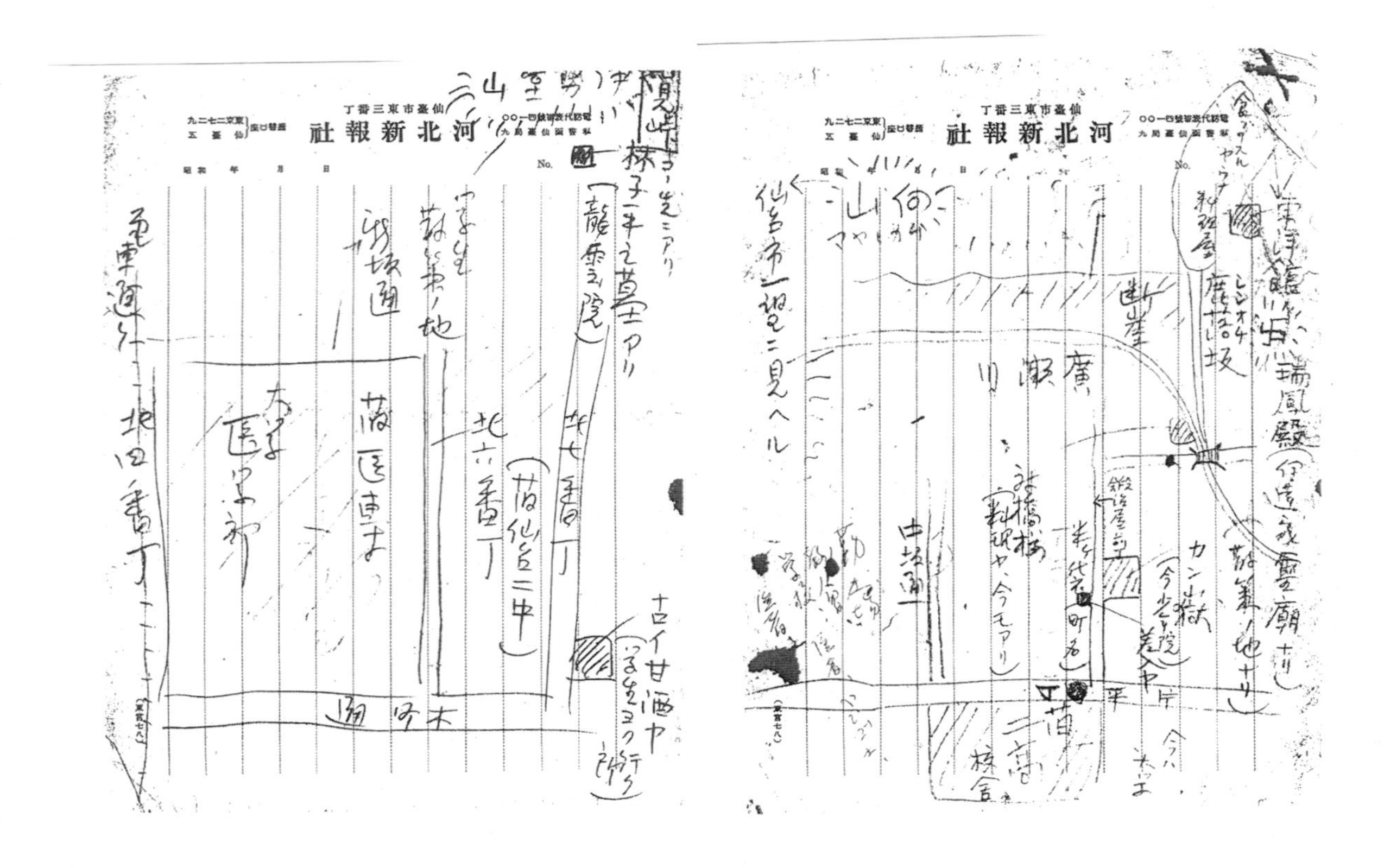
河北新報社
仙台市東三番丁
No.
昭和 年 月 日
北六番丁
北七番丁
木町通
仙台市一望ニ見ヘル
断崖
瑞鳳殿

## ◇村上辰雄宛ての書簡（1945年11月21日付）など

No. 1

拝復、おたより拝誦し、　小説六十回でおしま
ひにした事、快く承知下さつてありがたうございます、
どうしてもあれは、あれ以上つづかないのです、こんど、
いつかお逢ひした時に、私の苦心談なるものなど
お話ししませう、あれでもう精一ぱいのところでした、
画伯には、あなたからどうかよろしく御鳳
声ねがひます、「竹さんの顔」は、竹さんが本当は
凄い美人なんだといふのを少年が白状するあたり、
あのへんで精一ぱい美しい顔をおかきになつても、
効果があると思つてゐたのです、そのやうに御傳
下さいまし、
また、稿料もさつそく御手配下さつてありが

No. 2

たゞいまつきました、たしかに全部受取りました、
受領證を同封いたしましたから、御手数でおそれ
いりますが會計課へお廻し下さいまし、
なほ、出版の件、實は他からも申込みがある
のですが、ざつくばらんに申し上げますと、初版一萬
五千にしていたゞけないでせうか、思ひ切つてやつて
ごらんなさい、大丈夫賣り切れます、長編は短篇集
より、ずつと賣れるのが出版常識のやうです
たゞ私の気がかりは、せつかく賣れるものを
部数を少くしては何もならないといふだけです、
再版などの準備もしていたゞいて、仙台の出版も
ためしにといふ印象を一般作家に與へる
やうにするといいと思ひますが、如何でせう、
まあ一つがんばつするんですね、

いま東京の出版社の部数ずゐぶんたくさんなのです、

No. 3

御送本ねがひます、装釘その他は異存ご
ざいません、挿画を入れる事など大賛成です、
以上、要談、
以下、近況、
青森支局の人たちと大鰐温泉で実にたのしく
飲みました、すべて私が誘惑したのですから、
あの人たちを叱らないで下さい、本社の門馬(?)さん
とかが見えて、何だか支局の人たちがあわてて
ゐましたが、彼等は私の小説を激励の意味で
一緒に飲んでゐたのですから、それはよろしく
お取りなし願ひます、十二月にでもなったら
忘年会をしませうか、村上さんおいでになつ
たら愉快ですね、では部数の件、よろしく、敬具

太宰 拝

村上厚兄

十一月二十一日
青森県金木町
津島文治方
太宰治

仙台市東三番丁
河北新報社出版局
村上辰雄様

速達

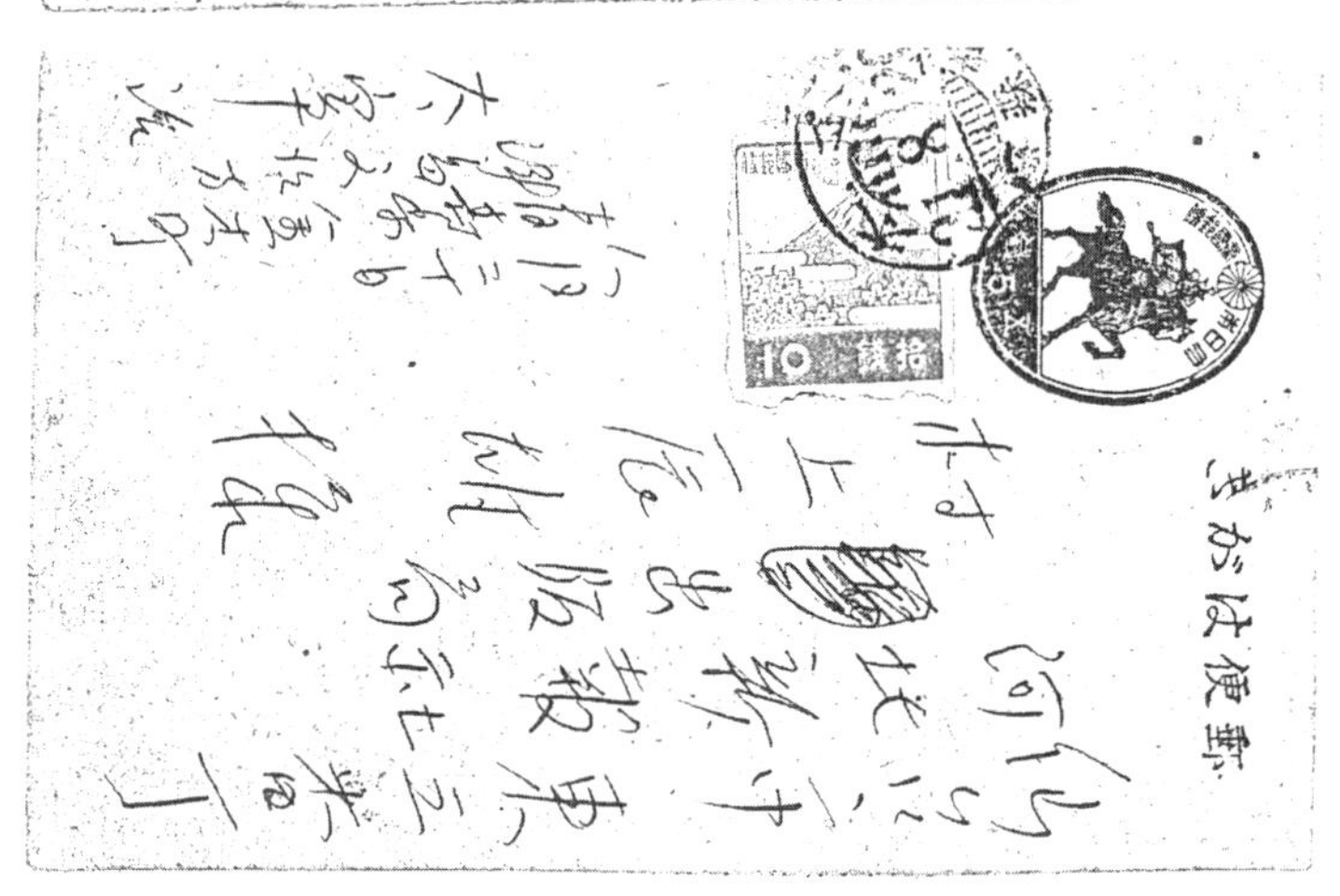
郵便はがき

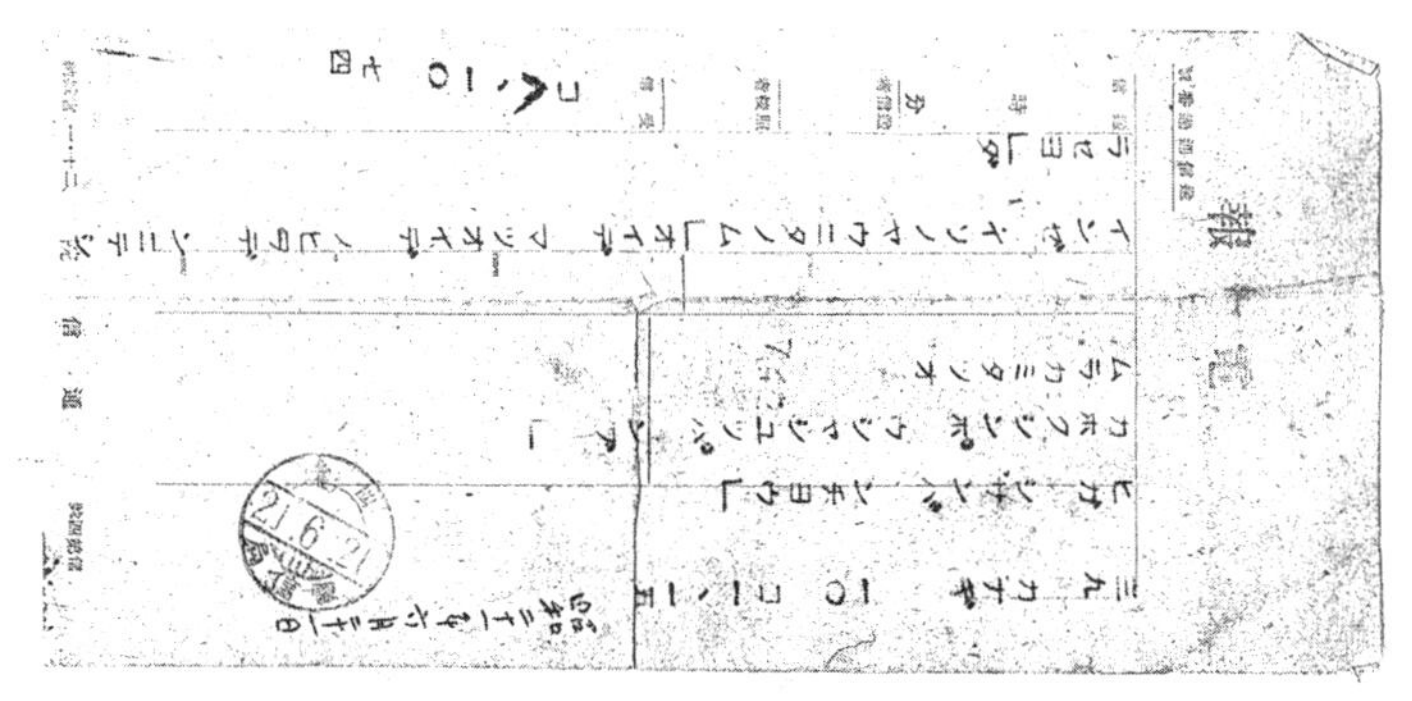

# たずねびと

太宰 治

この「東北文学」という雑誌の貴重な紙面の端をわずか拝借して申し上げます。どうして特にこの「東北文学」という雑誌の紙面をお借りするかというと、それには次のような理由があるのです。

この「東北文学」という雑誌は、ご承知の如(ごと)く、仙台の河北新報社から発行せられて、それは勿論(もちろん)、関東関西四国九州の店頭にも姿をあらわしているに違いありませぬが、しかし、この雑誌のおもな読者はやはり東北地方、しかも仙台附近(ふきん)に最も多いのではないかと推量されます。

私はそれを頼みの綱として、この「東北文学」という文学雑誌の片隅(かたすみ)を借り、申し上げたい事があるのです。

実は、お逢(あ)いしたいひとがあるのです。お名前も、御住所もわからないのですが、たしかに仙台市か、その附近のおかたでは無かろうかと思っています。女のひとです。

仙台市から発行せられている「東北文学」という雑誌の片隅に、私がこのまずしい手記を載せてもらおうと思い立ったのも、そのひとが仙台市か或(ある)いはその近くの土地に住んでいるように思われて、ひょっとしたら、私のこの手記がそのひとの眼にふれる事がありはせぬか、またはそのひとの眼にふれずとも、そのひとの知合いのお方が読んで、そのひとに告げるとか、そのような万に一つの僥倖が、……いやいや、それは無理だ、そんな事は有りっこ無いよ、いやいや、その無理は充分にわかっていますが、しかし、私としてはそんな有りっこ無い事をも、あてにして書かずに居られない気持なのです。

「お嬢さん。あの時は、たすかりました。あの時の乞食は私です。」

その言葉が、あの女のひとの耳にまでとどかざる事、あたかも、一勇士を葬らんとて飛行機に乗り、その勇士の眠れる戦場の上空より一束の花を投じても、決してその勇士の骨の埋められたる個所には落下せず、あらぬかなたの森に住む鷲の巣にばさと落ちて雛をいたずらに驚愕せしめ、或いはむなしく海波の間に浮び漂うが如き結末になると等しく、これは畢竟、とどくも届かざるも問題でなく、その言葉もしくは花束を投じた当人の気がすめば、それでよろしいという甚だ身勝手なたくらみにすぎないようにも思われますが、それでもやはり私は言いたいのです。

「お嬢さん。あの時は、たすかりました。あの時の乞食は、私です。」と。

昭和二十年、七月の末に、私たち家族四人は上野から汽車に乗りました。私たちは東京で罹災してそれから甲府へ避難して、その甲府でまた丸焼けになって、それでも戦争はまだまだ続くというし、どうせ死ぬのならば、故郷で死んだほうがめんどうが無くてよいと思い、私は妻と五歳の女の子と二歳の男の子を連れて甲府を出発し、その日のうちに上野から青森に向う急行列車に乗り込むつもりであったのですが、空襲警報なんかが出て、上野駅に充満していた数千の旅客たちが殺気立ち、幼い子供を連れている私たちは、はねとばされ蹴(け)たおされるような、ひどいめに逢い、とてもその急行列車には乗り込めず、とうとうその日は、上野駅の改札口の傍で、ごろ寝という事になりました。その夜は凄(すご)い月夜でした。夜ふけてから私はひとりで外へ出て見ました。このあたりも、まず、あらかた焼かれていました。私は上野公園の石段を登り、南洲の銅像のところから浅草のほうを眺めました。湖水の底の水草のむらがりを見る思いでした。これが東京の見おさめだ、十五年前に本郷の学校へはいって以来、ずっと私を育ててくれた東京というまちの見おさめなのだ、と思ったら、さすがに平静な気持では居られませんでした。翌朝とにかく上野駅から一番早く出る汽車、それはどこへ行く汽車だってかまわない、北のほうへ五里でも六里でも行く汽車があったら、それに乗ろうという事になって、上野駅発一番列車、夜明けの五時十分発の白河行きに乗り込みました。白河には、すぐ着きました。私たちはそこで降されて、こんどはまた白河から五里でも六里でも北へ行く汽車をつかまえて、それに乗り込む事にしました。午後一時半に、小牛田行きの汽車が白河駅にはいりましたので、親子四人、その列車の窓から這(は)い込みました。前の汽車と違って、こんどの汽車は、ものすごく混雑していました。それにひどい暑さで、妻のはだけた胸に抱き込まれている二歳の男の子は、ひいひい泣き通しでした。この下の子は、母体の栄養不良のために生れた時から弱く小さく、また母乳不足のためにその後の発育も思わしくなくて、ただもう生きて動いているだけという感じで、また上の五歳の女の子は、からだは割合丈夫でしたが、甲府で罹災する少し前から結膜炎を患い、空襲当時はまったく眼が見えなくなって、私はそれを背負って焔（ほのお）の雨の下を逃げまわり、焼け残った病院を捜して手当を受け、三週間ほど甲府でまごまごして、やっとこの子の眼があいたので、私たちもこの子を連れて甲府を出発する事が出来たというわけなのでした。それでも、やはり夕方になると、この子の眼がふさがってしまって、そうして朝になっても眼がひらかず、私は医者からもらって来た硼酸水（ほうさんすい）でその眼を洗ってやって、それから眼薬をさして、それからしばらく経たなければ眼があかないという有様でした。その朝、上野駅で汽車に乗る時にも、この子の眼がなかなか開かなかったので、私が指で無理にあけたら、血がたらたら出ました。

つまり私たちの一行は、汚いシャツに色のさめた紺（こん）の木綿（もめん）のズボン、それにゲエトルをだらしなく巻きつけ、地下足袋（じかたび）、蓬髪（ほうはつ）無帽という姿の父親と、それから、髪は乱れて顔のあちこちに煤（すす）がついて、粗末極まるモンペをはいて胸をはだけている母親と、それから眼病の女の子と、それから痩（や）せこけて泣き叫ぶ男の子という、まさしく乞食の家族に違いなかったわけです。

下の男の子が、いつまでも、ひいひい泣きつづけ、その口に妻が乳房を押しつけても、ちっとも乳が出ないのを知っているので顔をそむけ、のけぞっていよいよ烈しく泣きわめきます。近くに立っていたやはり子持ちの女のひとが見かねたらしく、

「お乳が出ないのですか?」

と妻に話掛けて来ました。

「ちょっと、あたしに抱かせて下さい。あたしはまた、乳がありあまって。」

妻は泣き叫ぶ子を、そのおかみさんに手渡しました。そのおかみさんの乳房からは乳がよく出ると見えて、子供はすぐに泣きやみました。

「まあ、おとなしいお子さんですね。吸いかたがお上品で。」

「いいえ、弱いのですよ。」

と妻が言いますと、そのおかみさんも、淋しそうな顔をして、少し笑い、

「うちの子供などは、そりゃもう吸い方が乱暴で、ぐいぐいと、痛いようなんですけれども、この坊ちゃんは、まあ、遠慮しているのかしら。」

弱い子は、母親でないひとの乳房をふくんで眠りました。

汽車が郡山駅に着きました。駅は、たったいま爆撃せられたらしく、火薬の匂いみたいなものさえ感ぜられたくらいで、倒壊した駅の建物から黄色い砂ほこりが濛々と舞い立っていまし

た。

ちょうど、東北地方がさかんに空襲を受けていた頃で、仙台は既に大半焼かれ、また私たちが上野駅のコンクリートの上にごろ寝をしていた夜には、青森市に対して焼夷弾(しょういだん)攻撃が行われたようで、汽車が北方に進行するにつれて、そこもやられた、ここもやられたという噂(うわさ)が耳にはいり、殊に青森地方は、ひどい被害のようで、青森県の交通全部がとまっているなどという誇大なことを真面目(まじめ)くさって言うひともあり、いつになったら津軽の果の故郷へたどり着く事が出来るやら、まったく暗澹(あんたん)たる気持でした。

福島を過ぎた頃から、客車は少しすいて来て、私たちも、やっと座席に腰かけられるようになりました。ほっと一息ついたら、こんどは、食料の不安が持ちあがりました。おにぎりは三日分くらい用意して来たのですが、ひどい暑気のために、ごはん粒が納豆のように糸をひいて、口に入れて噛(か)んでもにちゃにちゃして、とても嚥(の)み込む事が出来ない有様になって来ました。下の男の子には、粉ミルクをといてやっていたのですが、ミルクをとくにはお湯でないと具合がわるいので、それはどこか駅に途中下車した時、駅長にでもわけを話してお湯をもらって乳をこしらえるという事にして、汽車の中では、やわらかい蒸しパンを少しずつ与えるようにしていたのです。ところがその蒸しパンも、その外皮が既にぬらぬらして来て、みんな捨てなければならなくなっていました。あと、食べるものといっては、炒(い)った豆があるだけでした。少し持っているお米は、これはいずれどこかで途中下車になった時、宿屋でごはんとかえてもらうのに役立つかも知れませんが、さしあたって、きょうこれからの食べるものに窮してしまいました。

父と母は、炒り豆をかじり水を飲んでも、一日や二日は我慢できるでしょうが、五つの娘と二つの息子は、めもあてられぬ有様になるにきまっています。下の男の子は先刻のもらい乳のおかげで、うとうと眠っていますが、上の女の子は、もはや炒り豆にもあきて、よそのひとがお弁当を食べているさまをじっと睨(にら)んだりして、そろそろ浅間(あさま)しくなりかけているのです。

ああ、人間は、ものを食べなければ生きて居られないとは、何という不体裁な事でしょう。「おい、戦争がもっと苛烈になって来て、にぎりめし一つを奪い合いしなければ生きてゆけないようになったら、おれはもう、生きるのをやめるよ。にぎりめし争奪戦参加の権利は放棄するつもりだからね、気の毒だが、お前もその時には子供と一緒に死ぬる覚悟をきめるんだね。それがもう、いまでは、おれの唯一の、せめてものプライドなんだから。」とかねて妻に向って宣言していたのですが、「その時」がいま来たように思われました。

窓外の風景をただぼんやり眺めているだけで、私には別になんのいい智慧(ちえ)も思い浮びません。或る小さい駅から、桃とトマトの一ぱいはいっている籠(かご)をさげて乗り込んで来たおかみさんがありました。

たちまち、そのおかみさんは乗客たちに包囲され、何かひそひそ囁(ささ)やかれています。「だめだよ。」とおかみさんは強気のひとらしく、甲高い声で拒否し、「売り物じゃないんだ。とおしてくれよ、歩かれないじゃないか！」人波をかきわけて、まっすぐに私のところへ来て私のとなりに坐り込みました。この時の、私の気持は、妙なものでした。私は自分を、女の心理に非常に通暁(つうぎょう)している一種の色魔なのではないかしらと錯覚し、いやらしい思いをしました。ボロ服の乞食姿で、子供を二人も連れている色魔もないものですが、しかし、幽(かす)かに私には心理の駈引(かけひ)きがあったのです。他の乗客が、その果物籠をめがけて集り大騒ぎをしているあいだも、私はそれには全く興味がなさそうに、窓の外の景色をぼんやり眺めていたのです。内心は、私こそ誰よりも最も、その籠の内容物に関心を持っていたに違いないのですが、けれども私は、我慢してその方向には一瞥(いちべつ)もくれなかったのでした。それが成功したのかも知れない、と思うと、なんだか自分が、案外に女たらしの才能のある男のような感じがして、うしろぐらい気が致しました。

「どこまで？」

　おかみさんは、せかせかした口調で、前の席に坐っている妻に話掛けます。

「青森のもっと向うです。」

　と妻はぶあいそに答えます。

「それは、たいへんだね。やっぱり罹災(りさい)したのですか。」

「はあ。」

　妻は、いったいに、無口な女です。

「どこで?」

「甲府で。」

「子供を連れているんでは、やっかいだ。あがりませんか?」

　桃とトマトを十ばかり、すばやく妻の膝(ひざ)の上に乗せてやって、

「隠して下さい。他の野郎たちが、うるさいから。」

　果して、大型の紙幣を片手に握ってそれとなく見せびらかし、「いくつでもいいよ、売ってくれ」と小声で言って迫る男があらわれました。

「うるさいよ。」

　おかみさんは顔をしかめ、

「売り物じゃないんだよ。」

　と叫んで追い払います。

　それから、妻は、まずい事を仕出かしました。突然お金を、そのおかみさんに握らせようとしたのです。たちまち、

ま！

いや！

いいえ！

さ！

どう！

などと、殆(ほと)んど言葉にも何もなっていない小さい叫びが二人の口から交互に火花の如くぱっぱっと飛び出て、そのあいだ、眼にもとまらぬ早さでお金がそっちへ行ったりこっちへ来たりしていました。

じんどう！

たしかに、おかみさんの口から、そんな言葉も飛び出しました。

「そりゃ、失礼だよ。」

と私は低い声で言って妻をたしなめました。

こうして書くと長たらしくなりますが、妻がお金を出して、それから火花がぱっぱっと散って、それから私が仲裁にはいって、妻がしぶしぶまた金をひっこめるまで五秒とかからなかったでしょう。実に電光の如く、一瞬のあいだの出来事でした。

私の観察に依(よ)れば、そのおかみさんが「売り物でない」と言ってはいるけれども、しかし、それは汽車の中では売りたくないというだけの事で、やはり商売人に違いないのでした。自分の家に持ち運んで、それを誰か特定の人にゆずるのかどうか、そこまではわかりませんが、とにかく「売り物」には違いないようでした。しかし、既に人道（じんどう）というけなげな言葉が発せられている以上、私たちはそのおかみさんを商売人として扱うわけにはゆかなくなりました。

人道（じんどう）。

もちろん、おかみさんのその心意気を、ありがたく、うれしく思わぬわけではないのですが、しかしまた、胸底に於（お）いていささか閉口の気もありました。

人道（じんどう）。

私は、お礼の言葉に窮しました。思案のあげく、私のいま持っているもので一ばん大事なものを、このおかみさんに差し上げる事にしました。私にはまだ煙草が二十本ほどありました。そのうちの十本を、私はおかみさんに差し出しました。

おかみさんは、お金の時ほど強く拒絶しませんでした。私は、やっと、ほっとしました。そのおかみさんは仙台の少し手前の小さい駅で下車しましたが、おかみさんがいなくなってから、私は妻に向って苦笑し、

「人道には、おどろいたな。」

と恩人をひやかすような事を低く言いました。乞食の負け惜しみというのでしょうか、虚栄

というのでしょうか。アメリカの烏賊(いか)の缶詰の味を、ひそひそ批評しているのと相似たる心理でした。まことに、どうも、度し難いものです。

私たちの計画は、とにかくこの汽車で終点の小牛田まで行き、東北本線では青森市のずっと手前で下車を命ぜられるという噂(うわさ)も聞いているし、また本線の混雑はよほどのものだろうと思われ、とても親子四人がその中へ割り込める自信は無かったし、方向をかえて、小牛田から日本海のほうに抜け、つまり小牛田から陸羽線に乗りかえて山形県の新庄に出て、それから奥羽線に乗りかえて北上し、秋田を過ぎ東能代駅で下車し、そこから五能線に乗りかえ、謂(い)わば青森県の裏口からはいって行って五所川原駅で降りて、それからいよいよ津軽鉄道に乗りかえて生れ故郷の金木(かなぎ)という町にたどり着くという段取りであったのですが、思えば前途雲煙のかなたにあり、うまくいっても三昼夜はたっぷりかかる旅程なのです。トマトと桃の恵投にあずかり、これで上の子のきょう一日の食料が出来たとはいうものの、下の子がいまに眼をさまして、乳を求めて泣き叫びはじめたら、どうしたらいいでしょうか。小牛田までは、まだ四時間以上もあるでしょう。また、小牛田に着いても、それは夜の十時ちかくの筈(はず)ですから、ミルクを作ったり、おかゆを煮てもらったりする便宜が得られないに違いない。

仙台が焼けてさえいなかったら、仙台には二、三の知人もいるし、途中下車して、何とか頼んで見る事も出来るでしょうが、ご存じの如く、仙台市は既に大半焼けてしまっているようでしたから、それもかなわず、ええ、もう、この下の子は、餓死にきまった、自分も三十七まで生きて来たばかりに、いろいろの苦労をなめるわい、思えば、つまらねえ三十七年間であった、などとそれこそ思いが愚かしく千々に乱れ、上の女の子に桃の皮をむいてやったりしているうちに、そろそろ下の男の子が眼をさまし、むずかり出しました。

「何も、もう無いんだろう。」

「ええ。」

「蒸しパンでもあるといいんだがなあ。」

　その私の絶望の声に応ずるが如く、

「蒸しパンなら、あの、わたくし、……」

という不思議な囁きが天から聞えました。

　誇張ではありません。たしかに、私の頭の上から聞えたのです。ふり仰ぐと、それまで私のうしろに立っていたらしい若い女のひとが、いましも腕を伸ばして網棚の上の白いズックの鞄をおろそうとしているところでした。たくさんの蒸しパンが包まれているらしい清潔なハトロン紙の包みが、私の膝の上に載せられました。私は黙っていました。

「あの、お昼につくったのですから、大丈夫だと思いますけど。それから、……これは、お赤飯です。それから、……これは、卵です。」

つぎつぎと、ハトロン紙の包が私の膝の上に積み重ねられました。私は何も言えず、ただぼんやり、窓の外を眺めていました。夕焼けに映えて森が真赤に燃えていました。汽車がとまって、そこは仙台駅でした。

「失礼します。お嬢ちゃん、さようなら。」

女のひとは、そう言って私のところの窓からさっさと降りてゆきました。

私も妻も、一言も何もお礼を言うひまが、なかったのです。

そのひとに、その女のひとに、私は逢いたいのです。としの頃は、はたち前後。その時の服装は、白い半袖のシャツに、久留米絣(がすり)のモンペをつけていました。

逢って、私は言いたいのです。一種のにくしみを含めて言いたいのです。

「お嬢さん。あの時は、たすかりました。あの時の乞食は、私です。」と。

(「東北文学」1946年11月号)

[注]「東北文学」に掲載された文章を新字、現代仮名遣いにし、常用漢字表にない字、音訓にはルビを振った。南州→南洲、血膜炎→結膜炎など明らかな間違いは直した。「人道」「金木」にルビを振っているのは掲載された通り。

## 主な参考文献

▽太宰治全集（全13巻、1976年、筑摩書房）▽太宰治全集第7、8、12、13巻（98〜99年、筑摩書房）▽太宰治全集月報第1〜12巻（55〜56年、筑摩書房）▽新潮文庫「晩年」「お伽草紙」「惜別」「パンドラの匣」「津軽通信」「ろまん燈籠」「人間失格」「ヴィヨンの妻」「グッド・バイ」ほか（太宰治、新潮社）▽「パンドラの匣」初版（太宰治、河北新報社）▽道化の精神（太宰治、大和出版）▽河北新報（1904年6月〜06年6月）▽夕刊とうほく（48年7月12〜22日、河北新報社）▽月刊東北（44年9月号〜45年12月号、同）▽東北文学（46年1月号〜50年12月号、同）▽河北新報連載「時流を超えて」（98年6月28日〜12月27日）

▽太宰治事典（東郷克美編、学燈社）▽太宰治全作品研究事典（神谷忠孝・安藤宏編、勉誠社）▽太宰治必携（三好行雄編、学燈社）▽回想の太宰治（津島美知子、人文書院）▽小説「太宰治」（檀一雄、審美社）▽NHK人間大学・太宰治への旅（長部日出雄、日本放送出版協会）▽辻音楽師の唄（長部日出雄、文芸春秋）▽群像日本の作家17太宰治（長部日出雄ほか、小学館）▽太宰治に聞く（井上ひさし、ネスコ）▽もっと太宰治（太宰治倶楽部編、KKロングセラーズ）▽太宰治に出会った日（山内祥史編、ゆまに書房）▽太宰治―その終戦を挟む思想の転位（長野隆編、双文社出版）▽太宰治をどう読むか（小野正文、サイマル出版会）

▽阿Q正伝・藤野先生（魯迅、駒田信二訳、講談社）▽魯迅伝（小田嶽夫、大和書房）▽魯迅（竹内好、未来社）▽藤野先生（竹内好、近代文学47年2、3月合併号、近代文学社）▽文学報国会の時代（吉野孝雄、河出書房新社）▽木村庄助日誌―太宰治「パンドラの匣」の底本（木村重信編、編集工房ノア）▽探求太宰治―「パンドラの匣」のルーツ木村庄助日誌（浅田高明、文理閣）▽「パンドラの匣」自筆書き込み本の考察（安藤宏、資料と研究第十五輯、山梨県立文学館）▽新編日本古典文学全集69井原西鶴集（小学館）▽対訳西鶴全集9新可笑記（明治書院）▽人間脱出―太宰治論（菊田義孝、弥生書房）▽私の太宰治（菊田義孝、大光社）▽詩集・日々是好日（菊田義孝、きた出版）▽詩集・老いたる心の自由と平和（菊田義孝、てんとうふ社）▽青い波がくずれる（戸石泰一、東邦出版社）▽火と雪の森（戸石泰一、津軽書房）▽小山清全集（小山清、筑摩書房）▽風貌―太宰治のこと（小山清、津軽書房）▽師太宰治（田中英光、津軽書房）

▽火の山―山猿記上・下（津島佑子、講談社）▽宮城県百科事典（河北新報社）▽新潮日本文学辞典（新潮社）▽特別展「太宰治と美術―故郷と自画像」解説（青森県立美術館）▽新潮日本文学アルバム・太宰治（新潮社）▽文芸読本太宰治（河出書房新社）▽太宰治文学・海外の評価（武田勝彦編、創林社）▽太宰治論（奥野健男、新潮文庫）▽太宰治論（饗庭孝男、小沢書店）▽太宰治（相馬正一、津軽書房）▽太宰治（井伏鱒二、筑摩書房）▽太宰治（細谷

博、岩波新書）▽太宰治FOR BEGINNERS（吉田和明、現代書館）▽太宰治・坂口安吾の世界（斎藤慎爾編、柏書房）▽回想太宰治（野原一夫、新潮社）▽太宰治と聖書（野原一夫、新潮社）▽人間太宰治（山岸外史、筑摩書房）▽太宰治との愛と死のノート（山崎富栄、長篠康一郎編、学陽書房）▽桜桃忌の三十三年（桂英澄、未来工房）▽太宰治と戦争（内海紀子・小沢純・平浩一編、ひつじ書房）

▽郷土作家研究（青森県郷土作家研究会）▽月刊ポエム（1977年4月号、すばる書房）▽國文學（91年4月号、学燈社）▽国文学・解釈と鑑賞（98年6月号、94年9月号、93年6月号、81年10月号ほか、至文堂）▽太宰治研究23（山内祥史編、和泉書院）▽太宰治スタディーズ第5号（「太宰治スタディーズ」の会）▽新潮（98年7月特大号、新潮社）▽すばる（98年7月号、集英社）▽太宰治第5号（洋々社）

# おわりに

太宰治の作品と本格的に出合ったのは高校時代だった。「太宰は、誰でも一度はかかるはしかのようなもの」だと、広く信じられていた時代だ。今振り返ってみると、どの作品も情けないほど、きちんと読めていなかった。大学に入った年に、筑摩書房が大学生協と提携して太宰治全集（全13巻）を刊行、早速買い求めた。書簡集に至るまで読み込み、太宰文学の変幻自在の語り口、底知れぬユーモアなどを、少しは理解できるようになった。

あまりに個人的なことで恐縮だが、本書でも紹介した、太宰が弟子の戸石泰一に宛てたはがき（戸石の河北新報社入社を喜ぶ内容）を読んだことが、筆者が河北新報社を受験するきっかけとなった。河北新報の名前は「パンドラの匣」を連載した新聞として、もちろん知っていたが、このはがきに出合わなければ、関東生まれの筆者が仙台に住むことはなかっただろう。

太宰治の没後50年に当たる1998年、学芸部に籍を置き、半年間にわたって太宰の連載企画を担当する機会を得た。太宰が仙台とゆかりが深い作家であることを知ったのはこの時だ。筆者が発掘し、世に出した太宰の書簡なども幾つかある。河北新報社には太宰に関する多くの資料が残されている。太宰の生誕110年に当たる今年春、思いがけず出版センター勤務となった。この機会に、河北新報社に所属した者として、太宰と仙台の関わりをまとめておかなければばならないとの思いに駆られた。

執筆に当たっては、何より正確さを追求した。例えば、回想記も、書かれた時期によって、事実関係や日時などが異なるケースがある。明らかな勘違いもある。複数の資料や書簡などを突き合わせることで、幾つかの誤りを修正した。河北新報に関連した人の経歴など、初めて明らかにした事実もある。「惜別メモ」は、くどいほど細部にわたって説明している。退屈した方もおられるだろう。基になった明治時代の河北新報と、ここまで厳密に照らし合わせる試みは、これまでなかったはずだ。太宰が新聞のどんな記事に注目し、何を小説の材料としたかを知ることは、多少なりとも意義があると考えた。弟子と交わした書簡なども、太宰の文学観や人柄が感じ取れるものは、なるべく詳しく書き記した。本書がもし、太宰と仙台との関係を探る手掛かりになれば、これ以上の喜びはない。

インタビューに応じていただいた千葉正昭氏と東郷克美氏、写真や「惜別メモ」、書簡などの掲載を快く承諾してくださった津島園子氏、村上佑二氏をはじめ、太宰治についてご教示をいただいた全ての方々に、あらためてお礼を申し上げたい。ありがとうございました。

２０１９年９月

須永　誠

著者略歴 ――――――――――――――――――――

**須永　誠**（すなが・まこと）

1956年群馬県高崎市生まれ。80年河北新報社入社、以後仙台市に住む。学芸部副部長、福島総局長、論説委員会委員、生活文化部担当部長、紙面審査部長などを歴任し、2017年定年退職。生活文化部勤務を経て19年4月から河北新報出版センター出版部長。

太宰治と仙台
―人・街と創作の接点

---

| | |
|---|---|
| 発 行 日 | 2019年10月19日　第1刷 |
| 著　　者 | 須永　誠 |
| 発 行 者 | 草刈　順 |
| 発　　行 | 河北新報出版センター<br>〒980-0022<br>仙台市青葉区五橋1丁目2-28<br>河北新報総合サービス内<br>TEL　022-214-3811<br>FAX　022-227-7666<br>https://kahoku-ss.co.jp |
| 印　　刷 | 笹氣出版印刷株式会社 |

定価は表紙カバーに表示してあります。乱丁･落丁本はお取りかえいたします。
ISBN978-4-87341-393-8